动物小说大王沈石溪·品藏书系

DONGWUXIAOSHUODAWANGSHENSHIXI
PINCANGSHUXI

雄狮去流浪

沈石溪/著

浙江出版联合集团　　浙江少年儿童出版社

第一章　无情的驱逐

　　火球似的太阳慢慢西坠，夕阳下，乞力马扎罗山像只巨大的雄狮，金光闪闪，躺卧在遥远的地平线上。燥热的风渐渐有了点凉意，暮归的鸦群呱呱叫着，向罗利安大草原东边的一棵棕榈树飞去。

　　在离棕榈树约两百码的一座小土丘背后，有一片稀稀落落的红柳树林，树荫下聚集着十来只半大的狮子。所谓半大的狮子，就是体格看上去已经和成年狮差不多，但年龄尚小，身体和智力都还没完全发育成熟的"少年狮子"。这十来只半大的狮子中，有五只是雌狮，有五只是雄狮。五只雌狮身上金钱状的胎斑刚刚消退，五只雄狮脖子上刚刚长出鬃毛。它们有的卧在树根下昏昏欲睡，有的趴在树杈上闭目养神，有的蹲在草丛里无精打采地舔自己的爪掌，等着出猎的母狮给它们带食物来。

一会儿，草地那条牛毛小径上传来沙沙的声响，随风飘来一股略带甜蜜的血腥味。这群半大的狮子兴奋起来，嗷嗷叫着冲出红柳树林，哈，四只母狮果然拖着一头角马，吃力地向小土丘走来。角马是狮子们顶爱吃的美味佳肴，小家伙们赶紧兴高采烈地迎上去，将角马团团围住，刚要品尝，突然，树林里传来"嗷——嗷——"成年雄狮威严的吼叫声。

随着叫声，一棵枝繁叶茂的红柳树上跳下两只高大威猛的雄狮来：领头的一只颈上长长的鬣毛一半是灰褐色的，一半是黑褐色的，名字就叫双色鬣；跟在双色鬣后面的那只年轻时和其他雄狮打架斗殴，被抠瞎了一只左眼，大名就叫独眼雄。两只雄狮一面吼叫着，一面威风凛凛地朝食物跑来，母狮和半大的狮子见状纷纷从角马身边退开去。

狮群是严格的雄性统治的社会，雄狮不仅体形比雌狮大，最明显的差异在颈部和肩部。雌狮的颈部和肩部与身体的其他部位基本一样，都长着密密的短毛；雄狮的颈部和肩部长着长长的鬣毛，鬣毛的颜色较身体其他部位的毛要深得多，蓬松庞大，如披肩如头盔如云彩制作的战袍，把雄狮的脑壳和身躯放大了差不多一倍，将雄狮衬托得愈发威武勇猛。

或许正由于雌雄之间体格和形象上的差别，雄狮永远掌握着统治权，雌狮永远处在被统治的地位。标准的狮群，都是由一头成年雄狮为主，另有一头地位较次的雄狮辅助，两个雄性结成权利联盟，实施统治，被统治者自然是数量不等的雌狮和幼狮。

双色鬣和独眼雄就是生活在红柳树林里的狮群的首领，双色鬣为主，独眼雄为辅。一般的狮群要么以地名命名，要么以王者的名字命名，这个狮群以王者名字命名，所以就叫双色鬣狮群。

掌门大雄狮虽然威武勇猛，但一般是不亲自去捕猎的，狩猎主要靠成年雌狮来完成。雄狮负责保卫领土和家园，偶尔负责照看未成年的幼狮，驱赶讨厌的鬣狗和秃鹫。

虽然这头角马是四只母狮辛辛苦苦猎到的，虽然在母狮外出狩猎时，双色鬣和独眼雄什么也没做，不过趴在树桠上睡了个舒服的懒觉，但并不意味着母狮们就有权支配这头角马。

狮群社会，极讲究尊卑次序。对动物来说，啄食次序就是阶级次序，每次进食，都必须让掌权的雄狮先饕餮一番，然后才轮到雌狮和幼狮们吃。猎物通常是由雌狮们猎获的，却要让雄狮先享用，这很不合理，但狮群社会历来都是这样的，习惯成自然，再说雄狮身强力壮，雌狮和幼狮哪有力量同雄狮争抢呀。

狮群社会是最典型的雄性寄生性统治的社会。

双色鬣和独眼雄走到角马面前，雌狮和半大狮子都识相地退到五六米外的草丛里，只有一只半大的小雌狮大概实在是太饿了，不顾一切地将嘴伸进角马被咬破的后脖颈，舔吮还在不断往外冒的血蘑菇。双色鬣愤怒地吼了一声，独眼雄恶狠狠地走过去，一巴掌揎在半大雌狮的脑袋上，可怜的半大雌狮像只椰子似的咕隆咕隆滚出一丈多远，好半天才噢的一声发出哀号。

对双色鬣和独眼雄来说，任何与之争食的行为，都是一种不可原宥的忤逆行为。

教训完贪嘴的半大雌狮后，双色鬣旁若无"人"地趴到角马身上，用爪子和牙齿娴熟地撕扯开猎物柔软的腹腔，大口大口吞食糯滑的内脏——角马还没完全断气，一面被解剖撕扯着，一面还头一扬一扬地作垂死挣扎——对狮子来说，活吃内脏，犹如人活吃猴脑，是一种食欲和精神得到双重满足的高档享受。独眼雄地位比双色鬣低，虽然享有同双色鬣一起进食的特权，但不能吃内脏，只能啃咬角马的后腿肉，倒也吃得津津有味。

四只母狮和十来只半大的狮子在外围看得馋涎欲滴，尤其是五只半大的雄狮，浑身像爬满了蚂蚁似的难受，它们除了难以忍受的饥饿外，还有一种愤愤不平的感觉：它们也是雄性，而且是脖子上开始长鬣毛快跨入成年狮门槛的雄狮，为什么不能像双色鬣那样享受雄性可以享受的种种特权呢？

或许在它们的心灵里，已经有了取而代之的隐秘冲动。

在捕捉角马的过程中，这两只成年雄狮既没有功劳，也没有苦劳，甚至没有疲劳，却毫无愧色地大吃大嚼，一副心安理得的样子，实在让"人"想不通，它们的脸皮何以会那么厚！

两只恬不知耻的成年雄狮终于吃饱了，瘪塌塌的肚皮鼓得像怀了孕，这才心满意足地咂咂嘴，伸了个惬意的懒腰，开始用爪子梳理胡须上沾着的血丝。

这是一个重要的信号，意味着它们已经吃饱了。刹那间，母狮和半大的狮子蜂拥而上，准备抢夺肉块。就在这时，五只半大的雄狮集体发难，抢先一步到达角马身边，一个旋转，屁股朝里，头朝外，将角马护卫在圈内，龇牙咧嘴地冲着母狮和半大的雌狮吼叫威吓，用意十分明显，要母狮和半大的雌狮让一边儿去，该由它们五只年轻雄狮第二拨吃这头角马了。

这五只半大的雄狮认为它们有权这么做。它们年青幼稚，老觉得自己已经长大了，是真正的雄狮了。双色鬣和独眼雄作为雄狮既然能享有先吃的特权，它们也是雄狮，为何不能排在雌狮前面吃食物呢？

唉，上梁不正下梁歪啊！

五只不知天高地厚的半大雄狮，竭力抖动脖颈，将脖子和肩胛上刚刚长出来的才数寸长的鬣毛尽量蓬松开，以增加自己的威严。母狮和半大的雌狮果然被吓唬住了，像被施了定身法似的呆呆地蹲在原地，不敢再往角马身边挤。五只半大雄狮得意地互相瞅瞅，哈，这就像排座次一样，它们的地位凭空上升了一大截。

在土坡上梳理胡须的双色鬣不动声色地观看着这一幕，当看到五只半大雄狮张开血盆大口朝母狮和半大雌狮嗷嗷叫嚣着企图动粗时，双色鬣嘴角边几根银白色的胡须向上弯起，翘成了月牙形，黑色唇吻也缩成一坨——狮子脸部的这种表情，相当于人类阴谋得逞后的奸笑——看来，时机已经成熟，可以放心大胆地"驱雄"了，它想。它朝蹲在旁边的独眼雄示意地摆了摆脑壳，大吼一声，从土坡上跳了下来。

狮群社会的"驱雄"，从表面看，似乎与大多数鸟类和哺乳类动物的"清窝"有点相似，其实却是性质完全不同的两码子事。

大多数鸟类和哺乳类动物都有"清窝"的习性，就是当儿女长大后，能独立生活了，便在某一天，父母突然同时发难，将儿女强行从自己的窝里清除出去，以便腾出位置，腾出精力，腾出有限的食物资源，好养育下一窝后代。被"清窝"的儿女，到广阔世界寻觅自己的领地，寻觅中意的配偶，建立自己的家庭。

狮群社会的"驱雄"，也是在儿女长大后，进行清除。

所不同的是，只清除长大的雄狮，而不清除长大的雌狮。也就是说，成年雄狮将半大的雄狮通通驱赶出狮群，而把所有雌狮永远留在狮群，占为己有。

狮群的社会结构是少数雄性统治众多的雌性。但狮子的生育，同其他动物一样，性别基本均衡，也就是说，生出来的幼狮中，雄幼狮和雌幼狮的数量大致对等。这就必然产生雄性过剩的问题，也就使得每一只雄狮都是社会地位的角逐者。

占据着统治地位的成年雄狮是不能容忍其他雄狮和自己分享统治权的，也许是出于同性相斥这一自然规律，也许是出于保住自己统治地位这样一种理性考虑，群体中的小狮子渐渐长大后，掌权的成年雄狮便会无缘无故地憎恨和嫌弃它们，等到这些小雄狮两岁半龄后脖颈和肩胛开始长鬃毛，这种憎恨和嫌弃便达到了登峰造极的地步。不管彼此之间有没有血缘关系，成年雄狮都把这些快发育成熟了的半大雄狮视为自己潜在的敌手，动手将它们驱赶出狮群，让它们浪迹天涯，变成没有地盘没有根基当然更没有配偶的流浪汉。

许多半大的雄狮被赶出家门后找不到食物活活饿死了，有的忍受不了孤独与寂寞抑郁而亡，只有少数智商特别高运气特别好身体素质特别棒的半大雄狮能在颠沛流离的流浪生涯中存活下来。它们长成真正的雄狮后，唯一的出路，就是闯进一个狮群部落,把在位的老雄狮打跑,自己取而代之,不然的话,它们永远也不可能拥有自己的配偶、子嗣和狩猎领地。

这就是狮群社会血腥味很浓的"驱雄"。

话说双色鬣和独眼雄从小土坡上跳下来,扑到角马身边,不问青红皂白,就大动干戈,向围住角马的五只半大雄狮展开凌厉攻势。

狮群社会的生育规律和人类社会是截然不同的,人类社会的小孩,年龄就像梯子一样,分许多台阶,两岁的有一些,三岁的有一些,四岁的有一些……狮群社会是一茬一茬的,好比种在稻田里的谷子,成熟一茬,收割完以后,才能再种一茬。换句话说,狮子每年有个固定的发情期,同一个部落中的雌狮,差不多都是同时怀孕同时产崽的,这样就便利母狮们集体抚养,即在猎食时,实行临时托儿所制度,所有的幼狮集中起来由雄狮或一两只母狮看管,其他母狮腾出身来去追捕猎物。

双色鬣狮群五只半大的雄狮,清一色两岁半龄。

同样的年龄,当然并不意味着这五只半大雄狮都是同一时刻诞生的,还是得分长幼次序的。它们中出生最早的是一只鬣毛黑色的雄狮,名字就叫黑鬣毛;老二的脑袋特别大,大名就叫大头狮;老三的右脸上,从眼睑到鼻吻,有一条粉红色的伤痕,绰号就叫刀疤脸;老四生了一双美艳绝伦的眼睛，诨名就叫桃花眼；老幺与众不同的地方是，从两耳之间的额顶到尾尖，贯穿着一条宽约半寸的棕红色毛带，身体扭动或尾巴甩摆时，就像一根红飘带在随风飘舞，因此就起名叫红飘带。

双色鬣攻击的第一个目标就是黑鬣毛。

双色鬣今年十二岁，对狮子来说，这已经是个知天命的年龄，阅历广博、老谋深算，很懂得审时度势，知道面对五只半大雄狮，这个给上一口，那个赏一巴掌，会分散威慑力的，不如集中力量打击一只，吓倒一大片，所谓杀鸡儆猴也。先打谁，当然擒贼先擒王，黑鬣毛虽然还谈不上是什么王，但毕竟比其他四只雄狮年长几天，有点老大的味道。双色鬣和独眼雄一前一后用犀利的狮爪朝黑鬣毛撕打。

两岁半龄的黑鬣毛，哪里是两只成年雄狮的对手，一眨眼，额头和屁股上就被撕出好几道血痕，绒毛飞旋，疼痛难忍。它哀号着逃离角马，失败的情绪立刻传染给了四个兄弟，大头狮、刀疤脸、桃花眼和红飘带也莫名其妙地跟着哀号起来，耷拉着尾巴，从角马身边逃开。

早已饿得饥肠辘辘的母狮和半大的雌狮高兴地欢呼起来，拥到角马身边，喜滋滋地抢夺肉块。

双色鬣嘴角边长长的银须再次弯起上翘成月牙形。母狮和半大的雌狮发出欢呼声，说明它们是赞成并支持它惩罚这五只半大雄狮的，哈，它要的就是这个效果。

双色鬣其实早就想把五只半大雄狮驱赶出狮群了，早一天赶走就早一天平安。之所以迟迟没有动手，并非缺乏力量。五只半大雄狮筋骨稚嫩、思想幼稚，爪子和牙齿都没在苦水里泡过，也没在险恶的热带丛林里磨砺过，别说它双色鬣有独眼雄相帮，就是它一个，也足以将它们斗垮打倒。

双色鬣之所以忍耐到今天，是担心在驱赶的过程中，会遭到母狮的反对。母狮总归是母狮，心肠软、爱心重，出于一种母爱的天性，总是舍不得长大的儿子离去，当成年雄狮出手"驱雄"时，糊涂的母狮也许就会出面阻拦，历史上曾发生过母狮和理应被驱赶的半大雄狮联手将成年雄狮咬出狮群的事——历史的教训值得注意，前车之覆，后车之鉴也。

现在好了，无论它动用什么手段进行"驱雄"，母狮也不会来干涉了。这五只鲁莽的半大雄狮刚才张牙舞爪威逼母狮和半大的雌狮，企图独吞角马，这足以让母狮担忧，让半大的雌狮害怕：食物是有限的，倘若让五只半大的雄狮留在狮群里继续霸道下去，母狮和半大的雌狮岂不是要经常饿肚子？更要紧的是，大家都看见了，五只半大的雄狮龇牙咧嘴凶狠地吼叫，翻脸不认亲娘，转眼不认姐妹，母子亲情出现裂痕，兄妹感情也蒙上了阴影，这时候"驱雄"，可说是上合天意、下顺民心哪。嘿，这就叫把握时机，借题发挥。

五只半大雄狮逃到一丛蒿草里，赶快把四肢趴开，躺卧下来，脑袋垂在双臂之间，尾巴像条死蛇一样地瘫在草根间——这套身体动作，是表示向强者屈服，向长辈认错。它们内心当然是颇不服气的，甚至有点愤懑。

真是的，你们凭什么打我们，你们自己还不是霸占着猎物先享用！

我们也是雄狮，我们为什么不可以抢在雌狮前面吃食物呢？

假如你们认为抢在雌狮前头吃食物是错的，那你们应该先从自己身上纠错，做平等的表率！总不能说你们霸道就是对的，我们以你们为榜样，学一点点霸道，就是错的。

要错大家一起错，要对大家一起对嘛。

但它们没一个敢吭气的，它们知道自己不是双色鬣的对手，何必白白受皮肉之苦呢？赶快认错服输算了。

可怜那五只半大雄狮，到现在还蒙在鼓里，以为双色鬣是看它们淘气，在对它们进行一般性质的教训呢。

双色鬣不依不饶，追至蒿草丛，仍凶猛地撕打黑鬣毛，黑鬣毛在草丛里缩成一团，眼泪汪汪地望着双色鬣，呜咽哀叫：

——噢，呜噢，呜噢，我们知道自己错了，以后再也不敢了，请你饶恕我们吧。

其他四只半大雄狮也用哭号的嗓音嗷呜嗷呜叫唤起来：

——谁也不是神仙，谁能不犯错误嘛！

——知错就改，还是好狮子嘛！

——大人不记小人过。大狮也应该不记小狮过！

——要讲道理，不要搞体罚！

——我们无非贪嘴抢食，罪不当诛！

——你把我们往死里咬，是量刑过重！

双色鬣毫不理睬半大雄狮们的哀求和抗议，继续撕打黑鬣毛。成年雄狮的爪子又尖又长，一巴掌就能掴倒一头非洲野牛，黑鬣毛除非愿意被活活打死，否则是不可能不逃的。它一面哀哀叫着，一面拔腿逃命。它想绕个圈逃到母狮群里去——说到底它还是个大孩子，受了委屈就想寻求母狮的庇护，混进母狮群里，起码也能躲到母狮身后让母狮做做挡箭牌什么的——但双色鬣似乎早就有了防范，它往左拐，双色鬣往左扑；它往右转，双色鬣往右撵，逼得它直线逃进荒野。

在双色鬣驱赶黑鬣毛的过程中，独眼雄则朝其他四只半大雄狮不断发出如雷鸣般的吼叫，胁迫着它们跟着黑鬣毛一起逃。

黑鬣毛开始觉得有点不大对头，在它的记忆里，雄狮双色鬣虽谈不上是个慈父，但也不是患有虐待狂的暴君。

它们兄弟五个过去也常犯错，欺负同年龄的雌狮啦，学习狩猎时不专心啦，伏击猎物时不慎弄出声响把猎物吓跑了啦，偷窃成年狮的食物啦……有的错误比现在还要严重，双色鬣也常用爪子教训它们，但教训两下也就完了，从没像今天这样认真较劲，像打冤家似的打它们。双色鬣现在的举措实在反常，要么吃错药了，要么另有目的！

很快，五只半大雄狮就逃出红柳树林，离干涸的小河沟只有百来米远了。

小河沟细细弯弯，沿着广袤的罗利安草原一直向前延伸。小河沟虽然没有水，河底荒草丛生，满眼都是灰褐色的鹅卵石，但对双色鬣狮群来说，却至关重要。

狮子是领地意识很强的动物，一个狮群占据着一块地盘，在那里栖息、生养、猎食，俗称生存圈，而这条小河沟就是双色鬣狮群的边界线，也就是说，出了小河沟，就不再属于双色鬣狮群的势力范围了。

黑鬣毛边逃边想，双色鬣追到这里，说什么也该鸣金收兵了，按照习惯，家里的矛盾理应在家园内解决，只有对付入侵者，才会一口气将其驱逐出边界线的。记得有一次，有一只名叫喃妮的母狮在和双色鬣交颈厮磨时，不知怎么搞的，咬掉了双色鬣脖颈上的一撮鬣毛。雄狮的威风一大半在鬣毛上，这等于在破相毁容嘛。双色鬣勃然大怒，盯着喃妮追咬，那架势，恨不得将喃妮一口生吞了下去，但追到这条荒芜的小河沟，双色鬣也就停止追撵，饶恕喃妮了。谁都知道，假如成年雄狮把属下的狮子追出边界线去，其性质就相当于人类社会里把十恶不赦的罪犯驱逐出境。

哦，一场过分严厉的惩罚该画上句号了，黑鬣毛想。

可是，离小河沟只有几十米远了，双色鬣和独眼雄非但没有放慢脚步，反而追得更急，扑得更猛，大有一种不把它们赶出边界誓不罢休的势头。黑鬣毛突然意识到事情可能远比自己想象的还要坏得多，它打了个寒噤，脑子里冒出一个极恐怖的想法：双色鬣是要把它们兄弟五个赶出狮群！

唉，它醒悟得太晚了，它刚刚作出正确的判断，已身不由己被双色鬣逼出了小河沟。大头狮、刀疤脸、桃花眼和红飘带也稀里糊涂跟着它逃出了边界线。

双色鬣和独眼雄这才停止追逐，站在小河沟边，沿着小河沟哗哗地撒了泡尿，还在岸边一棵面包树上拼命磨蹭身体，在粗糙的树干上挂了许多残毛。在狮子社会，这是一种加强边防巩固边境的举措，含义很明显，是在严厉警告小河沟对岸的五只半大雄狮：不准你们再跨入双色鬣狮群的领地一步，不然的话，你们就是可恶的入侵者，就是我们不共戴天的死敌。

五只半大的雄狮终于恍然大悟，自己已变成了处境悲惨的流浪汉。它们还只有两岁半大，只能算是大孩子，舍不得离开温馨的家，也舍不得离开熟悉的领地。它们扯开喉咙，朝母狮和半大的雌狮大声吼叫，希望母亲和姐妹们能帮它们一把。

这时候，母狮和半大的雌狮已经将角马吃干净，也跑到小河沟边来了。它们不是聋子，当然听见五只半大的雄狮在向它们呼救，但没有谁肯站出来援助，哪怕是道义上的援助。

几只半大的雌狮蹲在小河沟岸边，悠闲地用爪子洗着脸，不时用一种幸灾乐祸的眼光瞟对岸五只半大雄狮一眼，那表情分明在说：你们刚才霸占着角马不让我们吃，还张牙舞爪地吓唬我们，现在倒要我们来帮你们，羞不羞？也不嫌害臊！

双色鬣得意极了，这就叫得道多助，失道寡助。

母狮们则用一种无可奈何的眼光看着对岸五只半大的雄狮，嗷噜噜，嗷噜噜，轮流发出柔和的劝慰：

——唉，孩子们，谁叫你们过早地表现出雄狮的强悍呢？要知道，一个狮群是容不下这么多雄狮的。

——唉，孩子们，双色鬣狮群的领地范围是有限的，食物资源也是有限的。你们长大了，食量越来越大，这个家已经无力再养活你们啦。

——认命吧，孩子们。每一代雄狮都要经历一次被驱逐的苦难，都要过一段流浪汉的日子，这是雄狮不可更改的命运轨迹。

——唔，孩子们，世界其实很大很大，天高任鸟飞，海阔凭鱼跃，衷心祝愿你们在广阔天地里锤炼一颗雄心，滚一身泥巴，磨砺一副好爪牙，成为其他狮群理想的接班"人"。

——去吧，孩子们，再见了。去吧，年青狮，拜拜了。

黑鬣毛绝望地垂下头，看来，它和四个兄弟被赶出双色鬣狮群已成定局，不可逆转了。既然如此，那就快走吧，省得在这里丢"人"现眼。它刚准备长吼一声扭头撤离，突然，站在它身边的红飘带梗着脖子吼了一声，四肢往后曲蹲，纵身一跃，跳过窄窄的小河沟，刹那间又回到双色鬣狮群的领地上。黑鬣毛惊叫一声，想阻拦，可已经来不及了。

——小兄弟，你这是在拿自己的生命开玩笑啊！

——小兄弟，你若真能闹一闹，闹得双色鬣收回成命，允许我们返回狮群，我一定给你作三个揖，磕三个响头！

红飘带比起其他四只半大雄狮来，更不能接受被驱赶出家园的不公正待遇。它不仅在五兄弟中排行末尾，也是整个狮群包括半大雌狮在内的最小的孩子，最最重要的是，它是狮群中最漂亮的母狮安琪儿所生。

母狮安琪儿长得美，细腰宽臀，毛色金黄泛亮，很得双色鬣的宠爱，因此在母狮中地位最高，相当于王后。母狮安琪儿这一茬生育期一胎生了三只狮崽，不幸的是，有一只滑出产道，刚巧压在一条眼镜蛇身上，被眼镜蛇咬了一口，几分钟后便呜呼哀哉；另一只在喂奶时不知怎么搞的，被堵住了气管和食道，窒息而亡。红飘带作为安琪儿唯一幸存的孩子，自然被视为掌上明珠，搂在怀里怕碎了，含在嘴里怕化了。

也许是出于爱屋及乌的原因，也许是因为红飘带是老幺的缘故，也许是因为红飘带脊背上那条与众不同的棕红毛带格外逗"人"喜爱，双色鬣在所有的幼狮中，很明显地最偏爱红飘带，感情倾斜，政策也倾斜。

在红飘带的记忆里，双色鬣很少有好脸色给其他幼狮看，但对它却一贯慈祥。小时候整个狮群只有它有胆量在双色鬣进食时跑过去偷一嘴，也只有它敢在双色鬣睡觉时爬到雄狮的背上戏耍闹腾。

有一次，它骑在双色鬣的脖子上，觉得雄狮嘴角边的胡须又白又亮，蛮好玩的，含在嘴里还可当牙签呢，正玩得高兴，冷不防小屁股一歪，从双色鬣的脖颈上滑下来，要命的是，它嘴里还咬着双色鬣的胡须来不及吐掉，噗的一声，三根胡须给拔了下来，疼得双色鬣平地蹿起一丈多高。即使如此，双色鬣也没把它怎么样，只是用尾巴在它小屁股上象征性地抽了两下，就算完事了。

毫不夸张地说，红飘带是在蜜罐子里泡大的，从小娇生惯养。宠而娇，娇而矫，矫而骄，骄而横，骄横这个词，就是这么来的。它长到两岁半了，从没受过委屈，做梦也想不到双色鬃会把它赶出狮群，而母狮安琪儿竟然默认双色鬃的做法，这对它来说，不啻是个晴天霹雳。它不相信这是真的，它怀疑这是在做噩梦，它咽不下这口窝囊气。它骄横惯了，才不怕双色鬃呢，所以它又跳过边界线回来了。

红飘带四爪刚刚落地，双色鬃便凶神恶煞地扑了上来。

对双色鬃来说，红飘带在众目睽睽之下，又跳过小河沟来，无疑是公然违抗它的禁令，是对它绝对权威的严重挑衅，是可忍，孰不可忍？

是的，它曾喜爱过红飘带，或许至今仍保留着一丝难以割舍的柔情。假如需要"驱雄"的仅仅是红飘带一个，它或许可以放宽政策，再让小家伙在狮群里待一段时间。但现在事情涉及到五只半大雄狮，它若允许红飘带重返狮群，其他四只半大雄狮必然会以红飘带为榜样，也滞留在狮群不肯走，这不仅会严重损害它的威望，也严重威胁它的统治地位。

要政权还是要儿女情？当然是要政权！响弓没有回头箭，必须硬起心肠，严惩红飘带，不让"驱雄"计划流产。

红飘带见双色鬃扑过来，就势躺倒在地，打滚撒泼，呜咽哀号。以往它这样做，双色鬃和母狮安琪儿立刻就会妥协让步。但这一次，效果好像不怎么理想，母狮安琪儿无动于衷，而双色鬣则扑击势头不减。

红飘带疑心是自己打滚撒泼得还不够，刚想变本加厉，双色鬣已经压到它身上，容不得它挣扎，一口咬在它的后腿上。它只觉得四枚坚硬的东西像尖刀一样刺穿皮肤，绞碎肌肉，钳住了骨头，撕心裂肺般地疼。它忍不住大声惨叫起来。

这可不是什么象征性的惩罚，也绝非长辈对淘气的晚辈有节制的教训，这完全是一种打冤家似的噬咬，对仇敌血腥的杀戮啊！红飘带拼命滚动，才将自己那条后腿从双色鬣嘴里挣脱出来，但已经皮开肉绽，鲜血淋漓了。

双色鬣眼里闪着寒光，面目狰狞，残忍地用舌头磨着蘸满狮血的牙齿，阴森可怖地低吼一声，身体后倾，眼看又要像座小山似的扑将上来。

红飘带终于清醒过来，耍无赖已经不灵了，假如再赖在这里，不被活活咬死，也起码被咬断腿骨或脊梁什么的，变成一只残疾狮。赖在家园，是死路一条，那还不如逃到荒漠，寻找一条生路呢。它悲吼一声，转身又跳过小河沟去。它的一条后腿虽然被咬得不轻，但没伤着骨头，倒并不妨碍奔跑跳跃。

黑鬣毛等红飘带一落地，立刻转身向莽莽荒原逃去。连最受宠爱的红飘带都无法使双色鬣回心转意，还差点被咬断腿骨，那么，可以断定，双色鬣狮群的大门真的永远

对它们关闭了。家园变成了地狱，变成了血腥的刑场，还有什么值得留恋的！双色鬣是变态的恶魔，但愿这辈子也别再见到它了。

五只半大雄狮丧魂落魄地朝荒原深处逃窜，不一会儿就消失在遥远的地平线尽头。按照狮子的生活习性，它们将一去不返，永远也不会再回到双色鬣狮群的领地来了。

大千世界，茫茫宇宙，浩瀚草原，神秘丛林，等待这五只半大雄狮的究竟是生，是死，是祸，是福？

第二章　饥饿的开始

　　锡斯查沼泽地边缘几棵沙棘丛下，躺着被双色鬣狮群驱逐出来的五只半大的雄狮。它们沿着椭圆形的罗利安大草原奔逃了整整一夜，黎明时分，逃到了锡斯查沼泽地，实在跑不动了，就胡乱找了个地方，倒头便睡。

　　狮子是世界上最爱睡懒觉的动物，除了狩猎，就是睡觉，有时一天可以睡二十个小时。在这一点上，非洲的狮子可以同生活在亚洲密林中的懒猴媲美，并列为世界级睡觉冠军。太阳都快下山了，它们还呼噜呼噜地在梦乡做客呢。

　　从沼泽方向刮来一股凉爽的风，吹落几片沙棘树叶，飘飘悠悠，舞到黑鬣毛的头顶。大概有点痒吧，它颤动耳廓，将头上的落叶抖落下来，慢慢睁开惺忪睡眼，刚好望见迅速下沉的像只大金橘似的太阳。黑鬣毛打了个长长的哈欠，突然清醒过来，猛地弹跳起来，噢——噢——心急如焚地朝睡在身边的四个兄弟吼叫。

——醒醒吧，不想当饿死鬼的，快醒醒吧！

辽阔的非洲稀树草原，气候异常炎热，白天在烈日的暴晒下，草原就像一只燃烧的火炉，不管是哪种野兽，都无法忍受那令人窒息的高温，而躲在温度较低的洼地、洞穴或树荫下不出来。

一直要等到太阳西沉，火焰般的阳光变成温柔的玫瑰红色，习习晚风吹拂草叶，野兽们才会出来活动，觅食、饮水、寻找配偶。可以这么说，在靠近赤道的非洲稀树草原，是死气沉沉的白天，生机盎然的黄昏。对狮子来说，一日之计在于黄昏——黄昏易逝，短暂而又宝贵，是狮子狩猎的黄金时间，必须抓紧抓牢，稍一怠惰，草原就会拉上黑夜的帷幕，便不容易捕获猎物了。

大头狮、刀疤脸、桃花眼和红飘带睁开眼睛，伸了个懒腰。刚才它们在昏睡，没感觉到饿，一旦被吵醒，立刻便觉得饥肠辘辘；它们已整整两天两夜没吃东西，肚子里早就唱空城计了。

狮子不像牛、羊、骆驼这些动物有好几个胃囊，把许多食物储藏在体内，饥饿时再把食物反刍出来细细咀嚼，慢慢享用；狮子也不像爬行类动物例如蛇那样耐得住饥饿，只要饱餐一顿，十天半月不吃东西也不会饿死。狮子每天都要进食，虽不像人那么娇贵，一天要吃三顿，但正常情况下，一天起码要吃一顿。成年狮子若连续四天吃不到东西，就会变成一具饿莩，而半大的雄狮正在长身体的时候，食量更是大得惊人，更抗不住饿，要是连续三天吃不到食物，大概就要一命呜呼了。

以往这个时候，母狮们已差不多把猎物拖回红树林来了，它们睁开眼，就可以享用美味佳肴，可现在，得忍着饿自己去找食，唉，流浪汉的日子可真不好过呀。

五只半大的雄狮一骨碌都站了起来，急急忙忙向沼泽地开进。

黑鬣毛一马当先，一路小跑着，夕阳把它的影子拉得很长很长。

黑鬣毛在五只半大的雄狮里排行老大，组织猎食的重担自然而然就落在了它的肩上，它心里觉得沉甸甸的，是否能猎到食物，一点把握也没有。

还在双色鬣狮群时，它们五兄弟虽然也学习过狩猎，但那都是跟在成年雄狮和母狮后面，当个拉拉队，捧个场，助个威，或至多充当预备队或第二梯队，做个不称职的助手而已，从未单独捕捉过猎物。

更糟糕的是，受狮群社会雄性寄生性统治的影响，它们经常睡懒觉或找借口逃避学习狩猎的课程，连狩猎的间接经验也不多。

黑鬣毛只晓得，沼泽地清凌凌的水塘边，此刻一定麇集着许多大型食草动物，它们被蒸笼似的炎热天气蒸了整整一个白天，口干舌燥，嗓子快冒烟了，必然会踩着夕阳跑到沼泽地来饮水的。当它们心急火燎闷着头喝水时，警惕性最低，当然也就最容易捕获；一旦喝饱了肚皮，它们便会恢复平时的机警与谨慎，并很快离开沼泽，跑进茫茫草原，到那时候，要再抓它们可就难了。

时间就是生命，必须争分夺秒。

地平线像把锋利的刀，把太阳砍成了两半。五只半大雄狮钻进锡斯查沼泽。这是非洲中部最大的沼泽地，一望无垠，四周是低矮的灌木丛和起伏的丘陵，几十块面积不等的水塘星罗棋布，水塘与水塘之间是深不可测的淤泥，上面长着密密的芦苇，一群火烈鸟在沼泽上空盘旋飞翔。

黑鬣毛在沼泽地的一座荒丘边停了下来，空气中带着水汽的湿润，风中传来斑马粗鲁的嘶鸣声。透过蒿草的缝隙，黑鬣毛果然看见一块椭圆形水塘边，拥挤着一大群斑马，它们正你争我抢地在饮水，秩序乱得就像一锅粥。每一匹斑马身上都横一条竖一条布满了深蓝色的线条，水塘边一大片让"人"眼花缭乱的斑马线。

斑马是一种体形壮实肉质鲜美的动物，是狮子最喜爱的食物之一，只要能逮到一匹斑马，就足够它们弟兄五个饱餐一顿的了。尤其重要的是，斑马头上不长角，也没尖牙利爪可资反抗，捕捉起来没什么风险。

哦，想不到成为流浪汉后，第一次猎食还挺顺利的，黑鬣毛心里美滋滋的。

黑鬣毛领着四个兄弟又钻在草丛里往前潜行了一段，在离斑马群约一百多米远时，就到了没有任何遮蔽物的开阔地带。

世界上的食肉兽主要分犬科动物和猫科动物这两大类，这两类动物的狩猎风格是迥然不同的：犬科动物惯用长途奔袭的办法获得猎物，即发现目标后，穷追猛撵，紧追不舍，一口气追上个一二十里，直追得猎物口吐白沫，精疲力竭，最后被扑倒为止；猫科动物惯用伏击的办法猎取食物，即悄悄地接近猎物，靠得越近越好，然后突然发起进攻，以迅雷不及掩耳之势扑到猎物身上将其杀死。

狮子在分类学上归猫科猫属，是最纯粹的一种猫科动物，当然也就用最纯粹的猫科动物猎食风格进行捕食。

与其他猫科动物一样，狮子长有尖刀般的指爪，走路时指爪会自动缩进甲鞘，爪掌下面有厚厚一层肉垫，每一步都像踩在柔软的地毯上一样，庞大的身躯走起路来悄无声息，再加上身体灰褐色的颜色和草原沙漠的颜色十分接近，很容易麻痹猎物。

五只半大雄狮离斑马群只有百把米远了，斑马们都还蒙在鼓里，仍在低头饮水。有两匹公斑马不知为什么事闹起纠纷来，接吻似的互相用嘴啃咬起来，还不时用屁股对着对方，哝哝嘶鸣，互相尥蹶子，打得不亦乐乎。

现在是发起冲击的最佳时机，黑鬣毛想，前面是开阔地，再继续潜行是行不通了，只有强攻。

狮子是非洲丛林中最优秀的短跑运动员，其百米冲刺的速度仅次于猎豹和长颈鹿。黑鬣毛打着算盘，就这百多米的距离，它们五兄弟大约只需六秒钟就可以赶到斑马们身边；五只半大雄狮就像五团烟尘似的突然从草丛里滚出来，必然会叫斑马们大吃一惊，等这些蠢家伙回过神来，明白是大难临头了，想逃，已经来不及了。

它们弟兄五个肯定已冲进斑马群，围住了其中的一匹，它负责咬脖子，四个弟兄一个承包一条马腿，任你是公马母马老马大马小马好马劣马壮马瘦马天马骡马骝马骓马驵马骏马驽马骗马神马还是五百年才出一匹的天才马，任你是吃过娃哈哈大力神青春宝美媛春太阳神中华鳖精西洋参茶雪山一枝蒿江南一枝柳十全大补膏花粉口服液田七口服液太太口服液还是将来必定要问世的老爷口服液，都只有乖乖等死了。

黑鬣毛正想摇动尾巴发出攻击的指令，突然，它觉得草丛深处有一道坚硬的光划过自己的脸，扭头一看，忍不住打了个寒噤，浑身的狮毛刷地倒立起来，差点连尿都吓了出来——草丛里卧着一只大雄狮，脖颈和肩胛上的鬣毛就像春草一样茂盛，铜铃大眼里透着杀机。

它再四下里仔细望望，还有一只大雄狮正沿着一条小径一步一步朝它爬来，显然，绝不会是上来要同它交朋友叙友谊的。真是不看不知道，一看魂吓掉，枯黄的草叶间，竟埋藏着好多只母狮哩，也都虎视眈眈地望着它！

黑鬣毛想都来不及多想，立即将高高竖起的尾巴耷拉下来，变准备进攻为火速撤离。五只半大雄狮掉过头来，一溜烟似的逃离了椭圆形水塘边。

两只大雄狮和那群母狮大概是害怕惊动斑马群，不想让快到嘴的美食溜掉，所以没来追赶。

哦，它们兄弟五个阴差阳错，跑到别的狮群的狩猎领地上来了，黑鬣毛边逃边想，狮口夺食，两只大雄狮和那些母狮岂肯善罢甘休？还算发现得及时，不然的话，一场厮杀肯定是免不了的。它们五只半大雄狮，绝不会是大雄狮和母狮们的对手，只要一交战，肯定会被咬翻几只！

就算在两只大雄狮和那群母狮动手向它们扑咬前，它们跃出草丛袭击斑马群，并成功地捕获了一头斑马，那又能怎么样呢？两只饥饿的大雄狮和那群母狮绝不会听凭它们享用战利品的，一定会扮演剪径强盗的角色，团团围上来，不由分说把它们辛辛苦苦猎到的斑马抢走。它们若想反抗，就会遭到残暴的虐杀，它们只好在一旁干瞪眼，至多发几声无用的牢骚。好险哪！

才逃出半里地，背后就传来斑马惊慌的嘶鸣和狮子兴高采烈的吼叫，毫无疑问，刚才那伙大雄狮和母狮狩猎成功，扑倒了一匹斑马。可惜，那是别人家的欢乐了。

太阳坠落了，地平线只剩下一条水红色的光带。唉，白白浪费了大好时光。剩下的能狩猎的时间已经不多了，黑鬣毛心急如焚，加快脚步沿着沼泽向前赶，希望在天完全黑透前，找到另一个猎场。

转了几个弯，再穿过一大片芦苇，便听到非洲长角羚打响鼻的声音。长角羚也是狮子传统食谱中的一道名菜，肉质细腻，入口即化，好吃极了。

五只半大雄狮蹑手蹑脚地循声摸过去，昏暗的暮色中，果然望见一群长角羚喝饱了水，正你舔舔我，我舔舔你，亲亲热热地准备离开水塘呢。长角羚虽然头顶长着两支长约一米尖利如剑的犄角，但体小力弱，生性怯懦，见到狮子，只晓得一味逃命，从不会将长角当武器与狮子拼搏，也是一种较易捕捉的猎物。

大头狮、刀疤脸、桃花眼和红飘带摩拳擦掌，急不可耐地想冲锋了。黑鬣毛毕竟年长一些，性格也老成持重些，想起刚才差点遭两只大雄狮和几只母狮的暗算，仍心有余悸——历史的教训值得记取哩，小心无大错，谨慎是个宝，还是再仔细观察一下吧。它制止住四个兄弟的冲动，从草丛中探出头去，这一看，就像被兜头浇了一盆冰水，从头凉到了脚，差点没急晕过去——有二十多只狮子，一溜儿排开，正伏卧在前面几十米远的一条土沟下，显然，正准备伏击慢慢走过来的长角羚群呢。

这一大群狮子听到动静，纷纷扭头观望，几十道绿莹莹的眼光横扫过来，吓得黑鬣毛一秒钟都不敢再耽误，立即领着四个兄弟脚底板抹油，快快离开这个是非之地。

后来它们又转了几个水塘，所到之处，不是空空如也连食草动物的影子也见不着，就是有其他狮群霸占着，蛮横地拦着不让它们捕猎。

天黑尽了，树木、土丘和草丛都隐没在一片浓浓的夜色里，活跃了一个黄昏的锡斯查沼泽，渐渐冷清下来。熙熙攘攘的斑马群、角马群和斑羚群像变魔术似的从大地上消失了，依稀可听见满载而归的食肉兽大吃大喝的声音，远处传来饥饿的鬣狗刺耳的号叫声。天的尽头，乞力马扎罗山变成一个奇形怪状的剪影，山顶终年不化的积雪泛着惨白的光。寂寥的天空，有几颗星星在闪烁，似乎在嘲笑世界上所有吃不饱肚皮的倒霉蛋。

五只半大雄狮垂头丧气地在草原上漫无目的地走着，各个都已饿得头昏眼花、四肢乏力，不知道该到哪里去找食，也不知道怎样才能使自己免于饿死。

天哪，成为流浪汉的第一天，日子就过得如此艰难，以后该怎么办呢？

第三章　惨遭鹿蹄

　　长颈鹿长长的脖子伸向天空，乞力马扎罗山顶的积雪像块明丽的布景，将长颈鹿小小的脑袋映衬得十分醒目。

　　这群长颈鹿约有十几头，正沿着一条平缓的草坡，悠悠逛逛地朝五只半大雄狮迎面走来。这些家伙，一定是吃饱了挂在树上的叶子和浆果，磨磨蹭蹭，耽误了时间，天黑后才跑到水塘去饮水，现在正摸着黑返回罗利安大草原去。

　　黑鬣毛急忙摇动尾巴，五只半大雄狮立刻伏在草丛中，连大气都不敢喘，生怕会弄出点声响来，把这群长颈鹿吓跑。

　　黑鬣毛卧在一棵石栗树下，激动得心脏怦怦乱跳，说不清是因为喜悦还是因为紧张，准确地说，它此刻的心情是喜忧参半。喜的是，天无绝人之路，亦无绝狮之路，老天爷终于大发慈悲，在它们兄弟五个快绝望时，让这群长颈鹿奇迹般地出现在它们面前，真是雪中送炭，救狮子于水深火热之中；忧的是，捕猎的对象不是其他食草兽，而是长颈鹿！

狮子对长颈鹿有意见，绝非是因为长颈鹿的肉不好吃，恰恰相反，长颈鹿的肉鲜美绝伦，尤其是那颗比树菠萝还大的鹿心，在狮子的感觉中，那是比仙桃还好吃。毫不夸张地说，狮子只要见到长颈鹿的影子，口水就忍不住要往下淌。但就像人吃河豚一样，狮子面对长颈鹿，也顾虑重重哩，倒不是怕中毒，长颈鹿绝对是无毒动物，而是担心会遭到长颈鹿的猛烈反抗。

长颈鹿虽然也是非暴力型的食草类动物，且较之其他鹿类动物，头上不长角，看上去性情也挺温和的，似乎很容易捕杀，其实不然：长颈鹿身体比狮子大得多，身大力不亏，在平坦的草原上奔跑如飞，如与狮子赛跑，狮子望尘莫及，只好甘拜下风。

也许就因为长颈鹿身大力大，胆子也就比斑羚、斑马、角马等食草动物要大得多，一旦被狮子盯上，绝不会吓得四肢发软，也不会采取不抵抗主义，乖乖束手就擒。无论何时何地，无论被几只狮子包围，长颈鹿都要殊死抗争，只要还有一口气，就不会停止反抗，任狮宰割。

长颈鹿身上的武器是四只蹄子。别以为鹿蹄平滑无爪，没多大杀伤力，其实不然。鹿蹄大如羊蹄甲花，四条腿尤其粗壮有力，比任何一种类型的马腿都要长一大截，天生就是飞毛腿和铁腿，一点儿也不夸张地说，四只鹿蹄，就是四只重磅铁锤。

更让狮子发憷的是，其他大型食草兽，虽然在危急关头也会用蹄子踢蹬，但一般来说只有两只后蹄才具有威力，前蹄在格斗中只起一个平衡身体的作用，例如斑马就是颇典型的后蹄进攻型动物，斑马遇到凶猛的食肉兽，总是竭力转动身体，像一架固执的指南针，将两只后蹄对准天敌，拼命尥蹶子。

对付这种后蹄进攻型动物，方便得就像吃豆腐，狮子完全可以将对方玩弄于股掌之间，只要坚持正面迎敌，灵巧地跳跃躲闪，别让对方的屁股对着自己就行了。因此，狮子吃了千百万年的斑马、角马和斑羚，极少发生被对方刺伤或踢伤的事。

长颈鹿就不同了，不仅会像斑马那样用后蹄尥蹶子，而且还会在必要的时候，长长的脖颈像舵似的往后仰起，两条后腿直立起来，身体腾空，两只前蹄像流星锤似的砸向对手，被踢着一蹄子，轻则伤筋动骨，重则当场毙命。经常发生这样的事，咬倒了一头长颈鹿，狮群里也有一两只狮子被踢得躺下了。正因为代价太大，一般来说，狮群不到饿得实在没法子可想时，轻易不去捕捉长颈鹿，尤其是爪牙还不太老辣，狩猎经验还不够丰富的年轻狮子，更不敢随便去碰长颈鹿。

但现在，黑鬣毛已别无选择，要想不饿死，只有铤而走险伏击这群长颈鹿！

黑鬣毛不是性格鲁莽的狮子，它知道眼前这场狩猎关系到它们兄弟五个能否存活下去的问题，只能成功，不能失败。关键时刻，一定要考虑缜密，不留任何破绽，做到万无一失。

首先，它把攻击的目标锁定在一头老长颈鹿身上。这头老长颈鹿身体瘦削，步履沉重，一边走一边低垂着脑袋，显得老态龙钟，一看就知道它生命的烛火快要燃尽，差不多就要到阎王爷那儿报到去了。

第二是要搞突然袭击，让长颈鹿走进它们的伏击圈，最好走到它们的眼皮子底下来，然后它们兄弟五个冷不防从草丛里蹦出来，齐声发出震耳欲聋的吼叫，把长颈鹿们吓得魂飞魄散，只恨爹娘少生了两条腿，你争我抢地溃逃。

第三是兵分三路。大头狮、刀疤脸和桃花眼算一路，迅速将老长颈鹿包围起来，伺机从侧面跳到老长颈鹿的背上去，像磨盘似的压在老长颈鹿身上，迫使老长颈鹿无法站起来用前蹄"拳击"，也无法用后蹄尥蹶子。它自己算一路，绕到老长颈鹿面前，笔直蹿跃，跳得越高越好，叼鹿脖子，这是狮子猎杀长颈鹿的拿手好戏。长颈鹿之所以叫长颈鹿，就是脖颈特别的长，当然也就是致命的部位特别的长，只要不再害怕两只流星锤似的前蹄踢过来，一咬一个准，叼的部位越高，越有事半功倍的效果。狮子沉重的身体往下一坠，长颈鹿的脑袋就会落地，身体趴在地上，前蹄后蹄通通失去作用，变成一堆任狮宰割的肉。还有一路就是老么红飘带，考虑到红飘带身上被双色鬣咬破的伤口还未痊愈，年岁最小，狩猎经验也最少，不易冲锋陷阵，就担当次要的恐吓角色，即跟在溃逃的长颈鹿群后面，不断发出吼叫声，以杜绝长颈鹿们回身救援的可能。

长颈鹿们一个个漂亮的剪影，慢慢地朝五只半大雄狮埋伏的草丛飘了过来，一百米……八十米……六十米……

——走啊，走啊，莫回头，别拐弯，笔直走，前面热闹，前面欢腾，前面有你们顶爱吃的椿树叶和酸浆果！

黑鬣毛焦急地等待着，虔诚地祈祷着。

……五十米……四十米……三十米……突然，黑鬣毛听到身边的石栗树上哗啦啦一阵响，树枝摇曳，绒毛般的树叶如雨洒落，一只硕大的猫头鹰扑棱着翅膀，发出一声尖厉的长啸，箭也似的划过长颈鹿群的头顶，飞向五十米开外的一丛灌木。

这浑蛋猫头鹰，凭借着一双在黑暗中也能透视的比红外线还厉害的锐眼，一定是看到灌木丛里蹿出只老鼠，急急忙忙追杀去了。

长颈鹿们受了惊，轰地炸了窝，步调一致地转过身去，后列变作前队，前锋变作后卫，呦呦叫着，就要逃跑。

——唉，你们的胆子也太小了点，风声鹤唳，草木皆兵，连猫头鹰飞过也怕。快快睁开你们的眼睛，仔细看看，求你们了，快看清结结实实吓了你们一大跳的不过是一只丑陋的猫头鹰而已，不必慌张，不必逃跑，恢复你们刚才的行进路线！

黑鬣毛懊恼不已地祈求着。

可是，长颈鹿们仿佛从猫头鹰凄厉的鸣叫中预感到了某种凶兆，各个都如惊弓之鸟，前腿绷，后腿弯，就要奋逃出去。

看来要想让这些长颈鹿恢复平静放弃逃跑的念头是绝无可能了，而长颈鹿一旦开逃，短时间里是不会停下来的，更不会再走回头路，来光顾它们兄弟五个所设的埋伏圈。

不能无所作为地看着好运气从自己身边溜走，黑鬣毛想，更重要的是，假如放走了这群长颈鹿，那么整个长夜，再加上明天的整个白昼，就再也休想找到合适的食物了，而它们兄弟五个能否饿着肚子活到明天黄昏，是该打个问号了。现在，再继续静悄悄地埋伏在草丛里，已失去意义。摆在它们兄弟五个面前唯一的生路，就是不管三七二十一，变伏击为追捕，猛追一气，或许还能有收获。

嗷——黑鬣毛大吼一声，率先跳出草丛，向长颈鹿群扑去。

大头狮、刀疤脸、桃花眼和红飘带紧跟在黑鬣毛身后，也朝溃逃的长颈鹿群紧追猛撵。

黑暗荒凉的罗利安草原上，展开了一场凶猛的捕杀。

原先已经确定的捕杀目标——那头老长颈鹿，早已在混乱中不知去向，黑鬣毛只好临时更换目标，朝离得最近的一头母长颈鹿追击。追着追着，那头母长颈鹿钻进鹿群，混杂在其他长颈鹿中，一转眼就消失了。没办法，只好再次更换目标，盯住一头小长颈鹿狠追。

黑鬣毛毕竟年幼，缺乏狩猎经验，再加上黑天黑地，模糊了视线，也模糊了感觉，更主要的是情况突变，打乱了它的思路，它又缺乏应变能力，难免不出错。总括起来，它犯了三忌。

一忌打击溃战。所谓击溃战，即胡乱跟在溃逃的长颈鹿群后面瞎追一气。与击溃战相对应的是歼灭战，所谓歼灭战，即迅速穿插分割，把其中的一头长颈鹿与整个鹿群隔绝开，弃鹿群于不顾，集中力量对付一头长颈鹿，以求全歼。

二忌临时更换目标。长颈鹿怕的就是被狮子死盯着穷追不舍，没法喘息，也没法松弛一下绷紧到极限的神经，时间一长，就会累得口吐白沫，意志崩溃，束手就擒。但倘若狮子在追捕过程中更换了目标，被追撵的长颈鹿不仅可以获得宝贵的喘息机会，还能松弛神经、调整心态、鼓起逃生的勇气，因此频繁更换目标的结果往往是丧失全部目标。

三忌全线出击，不留战略预备队。狮子追长颈鹿，由于狮子的爆发力强，短距离内还能赛过长颈鹿，但距离一旦放远，时间稍一长久，善于奔驰的长颈鹿就会把狮子越甩越远。因此狮群追撵长颈鹿，有经验的老雄狮或老母狮绝不会一开始就让所有的狮子投入追撵，而起码要留下三分之二的狮子作预备队员，潜伏在某个位置，或抄近路跑到前面去等候，在充当先锋的狮子们累得筋疲力尽时，预备队就及时冲出来，像接力赛似的替换下疲惫的同伴，这样就能弥补狮子长跑不如长颈鹿的缺陷。

黑鬣毛打的既是击溃战，又频繁更换目标，且全线出击，三忌全占了，哪里还有获胜的可能？

不一会儿，那头小长颈鹿也混进鹿群不见了，更可悲的是，狮群本来离鹿群只有二十来米远，追着追着，距离不仅没缩短，反而越拉越长。

老幺红飘带首先泄气了，它累坏了，停了下来，躺在草地上喘粗气。狮子的猎场好比人类的战场，俗话说气可鼓而不可泄，兵败如山倒，指的就是失败的情绪会像瘟疫似的迅速传染开来。红飘带躺倒不干了，大头狮、刀疤脸和桃花眼也都一个接一个放弃努力，停顿下来。再追也是白搭，拉倒吧。

就剩下黑鬣毛还坚持不懈地尾随在鹿群后头，咬着牙紧追不舍。它是大哥，它比其他四只狮子更清楚一旦放弃这场狩猎，那意味着什么，事关生存，只要还有一线希望，它就要竭尽全力去争取。

又追出几百米去，长颈鹿群离得更远了，黑鬣毛已差不多绝望了。就在这时，有一头长颈鹿不知是被隐伏在草丛里的藤蔓绊了一下，还是一蹄子踩在石头上崴了脚脖子，突然闪了个趔趄，在草地上像跳醉舞似的东倒西歪扭开了，不仅停顿了下来，还昏头昏脑地转了个身，就像旋了个华尔兹，身体拐了个一百八十度的弯。

黑鬣毛大喜过望，山穷水尽疑无路，柳暗花明又一村，哈，胜利往往在于再坚持一下的努力之中，这不，机会来啦！它顾不得自己是单枪匹马，也来不及去看看对方是年老体衰的母长颈鹿还是年轻力壮的雄长颈鹿，一个猛扎蹿到离那头舞兴正浓的长颈鹿约七八米远的地方，又一个高跳——那姿势优美得就像水族馆里的海豚跃出水面顶皮球——张开血盆大口，直叼长颈鹿的脖颈。

如果这个时候，大头狮、刀疤脸、桃花眼和红飘带四兄弟中的任何一个及时赶到，骑上长颈鹿的背，只消像扇磨盘似的压住这头该死的长颈鹿，大功也就告成了；遗憾的是，四兄弟半途停了下来，虽在看见黑鬣毛追上了长颈鹿的一瞬间，火速赶了过来，但距离尚远，远水救不了近火。

如果这个时候，遭黑鬣毛扑咬的长颈鹿是个生命之火行将熄灭的老家伙，反应迟钝、动作僵硬，那么，黑鬣毛也能很顺利地得手了；不幸的是，站在黑鬣毛面前的长颈鹿牙口才六岁，最棒的小伙子，浑身肌肉饱满，脑子反应特快，动作特别协调。

如果这个时候，那头跳华尔兹的长颈鹿果真是崴了脚脖子，疼得蹄子都不能沾地，连膝关节也脱了臼，是个瘸子，黑鬣毛也绝对咬到了皮肉松弛的鹿脖颈了；偏偏这家伙并没崴着脚脖子，不过是在摸黑快速奔跑时冷不防被一根枯树枝刮了一下大腿，受惊加上被绊，才闪了个大趔趄，动作虽然像跳舞似的很夸张，但其实并没伤筋动骨，甚至不怎么疼痛。

如果这个时候，黑鬣毛能沉着冷静，别那么猴急，不要一到长颈鹿面前就起跳叼咬，而是动动脑子，讲究策略，摆个起跳的架势却不急着跳，虚晃一枪，等长颈鹿起身躲避并反击后，两只前蹄从空中落回地面的一瞬间，再从容地蹿高叼脖，咬它个时间差，咬它个短平快，长颈鹿也只能乖乖地束手待毙了；可是，紧要关头谁会考虑得那么多嘛，它只想着抓住机遇快点咬倒猎物，它唯恐咬慢了半拍，滑头滑脑的长颈鹿会再次从它爪牙间溜走，唉，结果适得其反！

俗话说得好，是福跑不掉，是祸躲不过。

却说黑鬣毛身体腾空，嘴竭力伸向长颈鹿的脖子，唇吻间长长的胡须都已触碰到柔软的鹿脖了，没想到该死的长颈鹿呦的一声急叫，长长的脖子拼命往后一仰，身体像跷跷板似的迅速翘了起来，后腿直立，前腿举起。

长颈鹿身体本来就长，一直立，便居高临下，俯瞰黑鬣毛。于是，一头长颈鹿，一只半大雄狮，面对面竖在空中。黑鬣毛因为咬空了嘴，身体在往下坠，长颈鹿刚刚仰身直立，呈上升态势，彼此间只隔着几寸远。长颈鹿的两只前蹄刚好处于与黑鬣毛脸部平行的位置，膝关节迅速弯曲，两只硕大的蹄子收进腹部，又闪电般地踢蹬出来。黑鬣毛在黑暗中看不清长颈鹿这套颇凶险的动作，但即使它看见了，它的身体上不沾天下不沾地，也无力对付迎面而来的凶猛打击。

黑鬣毛只觉得左下颌嘣的一声响，脑袋晕了半边，身体不由自主地像钟摆似的朝右晃去，还没等它反应过来是怎么回事，右下颌又像放闷炮似的嘣的一声响，脑袋又晕了半边，可是整个脑袋全晕乎了，身体又像钟摆似的朝左晃回，然后咚的一声四足朝天，仰面跌倒在地。

这时候，黑鬣毛还没完全清醒地意识到自己已被重磅流星锤似的鹿蹄踢中了下巴，情急之中，它也没觉得疼，落地的一瞬间，它就地打了个滚，又翻爬了起来。它刚好看见该死的长颈鹿正扭动粗粗的腰，掉转头去，拱动着脖子就想跑。想跑，没那么容易呢！它虽然头昏眼花，整张脸乃至整个脖子都有点麻木，但一定要逮住长颈鹿的念头却顽强地充斥着它全身的每一个细胞。

雄狮天生就有一副横蛮的胆魄，无所畏惧，不屈不挠。它已忘了危险，忘了对自己极端不利的处境，一秒钟也没耽搁，嗖的一声又凶猛地扑了上去。

谢天谢地，它跳得及时，扑得恰到好处，长颈鹿掉转头去还没来得及迈步呢，它就落到长颈鹿的背上了，前肢两只狮爪刚好搂住长颈鹿的肩胛，后肢两只狮爪很自然地就搭在长颈鹿的后胯上。在骑到长颈鹿背上的一瞬间，黑鬣毛尖利的指爪从甲鞘里恣张开，像钢钉似的嵌进长颈鹿的皮肉里。

这是一个十分完美的噬咬位置，黑鬣毛像个最好的驭手稳稳当当地骑在马背上，长颈鹿再尥蹶子，也无法踢着它，它的嘴就贴着长颈鹿的后脖颈，不用费劲，一张嘴就能叼住长颈鹿致命的颈椎骨。

长颈鹿呦呦嘶鸣着，朝前猛蹿几步，突然收敛脚步，又像蚂蚱似的拼命蹦跶，想将黑鬣毛甩下背来。

黑鬣毛急忙张嘴朝长颈鹿的后脖颈咬去，只要叼住了颈椎骨，好比驭手揪紧了缰绳，就不怕长颈鹿再撒野蹦跳啦。它的嘴唇已吻在长颈鹿的脖颈上了，可是……可是……它的嘴好像不听它的使唤了，好像严重生锈了，怎么也张不开来。它狠命摇了摇脑壳，试图把麻木的嘴摇出点感觉来，但无济于事，仍然一点知觉也没有，倒听到下巴嚓嚓地响，就像在摇一只铃铛似的。它急了，关键时刻，平常很听话的嘴巴，怎么就背叛自己了呢？

黑鬣毛扯直喉咙想大吼一声，一来叫醒自己的嘴巴，二来用威风凛凛的狮吼震破长颈鹿的耳膜，最好震得长颈鹿七窍流血，气绝身亡，可喉咙仿佛给什么东西卡住了，没发出惊天动地的吼声，只发出细微的咻咻声，好像一只蟋蟀在求偶。随着咻咻声，竟喷出一大口热乎乎腥甜腥甜的东西，一闻就知道，喷出来的是血！它这才明白过来，自己的下巴与喉咙，已被可恶的长颈鹿踢伤了，现在，即使长颈鹿将喉管塞到它的嘴里，它也无法噬咬了！它打了个寒噤，意志像太阳下的冰，迅速消融，不知该怎么办才好。

长颈鹿更猛烈地跳跃蹦跶，黑鬣毛活像坐在一条行驶在狂风恶浪中的舢板上，被颠得直想呕吐，光凭爪子抓，是无法在光滑的鹿背上待久的，它尖利的指爪逐渐松动，慢慢从长颈鹿的皮囊里滑了出来。突然，长颈鹿又玩了一个后腿直立的把戏，背脊陡地竖起；黑鬣毛无法抓稳，像坐滑梯似的从长颈鹿的背上滑了下来，更让它恼火的是，它两条后腿刚刚沾地，两只前爪还搭在长颈鹿的屁股蛋上呢，长颈鹿就不失时机地一抬屁股，猛尥了个蹶子，两只碗口大的坚硬的后蹄，又像重磅流星锤似的砸在黑鬣毛的胸口，咚——咚——就像擂响了木鼓，黑鬣毛只觉得胸部一阵刺痛，身体就像只鸟似的飞了起来，飞出好几米远，重重地砸在一棵糖棕树上。

卸掉了重负的长颈鹿，飞也似的逃进茫茫黑夜。

这时，大头狮、刀疤脸、桃花眼和红飘带才姗姗来迟地赶到黑鬣毛身边。可是已经晚了，长颈鹿已逃得连影子都看不见了。

第四章　同类相食

夜深了，罗利安大草原一片沉寂。一弯下弦月羞答答地从地平线上升起，给大地投下了一片惨淡的白光。

黑鬣毛躺卧在糖棕树下，已无力动弹，别说站起来行走了，每一次呼吸，胸部就火烧火燎地疼。下巴颏儿被鹿蹄踢成粉碎性骨折，吊在脸上，风一吹都会晃荡，这辈子怕是不能再咀嚼了。还有胸部的肋骨，少说也被踢断了五六根，就算不死，也成了一只残疾狮了。

大头狮、刀疤脸、桃花眼和红飘带一字儿排开，卧在黑鬣毛面前，目光凄楚，满脸都是悔恨的表情。

老幺红飘带用膝盖撑着地，爬到黑鬣毛跟前，用舌头小心翼翼地舔它的爪掌，喉咙里还咕噜咕噜发出一串柔和的声响——凡猫科动物都会发出这种声响，俗称猫念佛，其实是一种表示亲善的叫，也可以说是吐露心声。红飘带眼睛里闪烁着泪光，胡须难过地撇了下来，耳廓不断地跳动，显示出内心极度的哀伤，似乎在说：大哥，都怪我不好，若不是我在追捕的途中首先停下来，二哥、三哥、四哥也不会停下来，是我害苦了你！

你们现在知道后悔了，那又有什么用呢？黑鬣毛用充满怨恨的眼光望着面前的四个兄弟，要是还能站起来的话，它会毫不心慈手软地赏给它们一顿爪子，搧得它们头破血流，以示惩罚！唉，要是你们不偷懒的话，要是你们追捕时不在半途停顿下来，现在躺在地上爬不起来的就不是我，而是一头长颈鹿了！不但我不会受伤，你们也不用挨饿，我们大家都不用像开追悼会似的悲哀伤感，而可以开开心心地以鹿血代酒，欢聚一堂开庆功宴了。

唉，想这些干啥，再指责也是白搭，这世界不存在时光隧道，不可能再回到长颈鹿刚刚出现时的时间和空间中去，让刚才那场狩猎再重现一次。

突然，啊嗷——一声凄厉的号叫，划破了夜的寂静。随着那声恐怖的号叫声，左前方黑黢黢的灌木林里，像萤火虫似的亮起无数只绿莹莹的眼睛，在黑暗中移动。

一看就知道，是讨厌的鬣狗群来了。

鬣狗是非洲草原上最贪婪凶残的一种食肉兽，其嗥叫声凄厉难听，上百只纠集成一群，专门捡食腐尸，也会跟在狮子或豹子这样的大型食肉兽后面，捡食狮子或豹子吃剩的动物残骸。鬣狗有坚实的利齿和牢靠的下巴，非常擅长咬碎骨头，甚至连非洲水牛或斑马的大腿骨都可以"承包"打扫得一干二净，寸骨不剩，因此有"草原清道夫"的别称。

鬣狗不仅吃东西不吐骨头，还会像苍蝇似的闻到血腥味就从老远的地方蜂拥而来，赶也赶不走，因此，狮子十分讨厌鬣狗。一般而言，鬣狗是不敢惹有"草原之王"之称的狮子的，尤其对威武勇猛的雄狮十分畏惧，站在远远的地方不敢靠近，等到狮子吃饱离去后，才敢一窝蜂地拥上来清理残骸。

现在，庞大的鬣狗群就在离糖棕树约百来米远的灌木林边缘贼头贼脑地窥探，啊嗷——啊嗷——地叫嚣。

显然，嗅觉极其灵敏的鬣狗是闻到它无法闭拢的嘴腔里不断涌出来的鲜血的腥味，知道这里即将发生死亡，等着来收尸的，黑鬣毛想。它愤怒得真想冲过去咆哮一通，把这些相貌丑陋灵魂猥琐的鬣狗吓得屁滚尿流，逃之夭夭。可惜，它站不起来，更别说威风凛凛地冲出去扑咬了。它从破嘴里发出一声带血的哀叹。

大头狮、刀疤脸、桃花眼和红飘带听到它的哀叹，慢慢站起来，吼叫着，向鬣狗群跑去。

到底是自家兄弟，知道它此刻需要安静，出手帮它驱逐讨厌的鬣狗群，黑鬣毛心里总算有了点慰藉。它想，平时一只雄狮出面干预，鬣狗数量再多，也都会像潮水似的退却，此时有四只雄狮同时发难，鬣狗们一定闻风丧胆，逃得比兔子还快。

可出乎它的意料，鬣狗们并不惧怕，四只半大的雄狮赶到东面恫吓，鬣狗群就转到西面；赶到西面吼叫，鬣狗群就绕到东面。四只半大的雄狮分成两队，从东西两面夹击，鬣狗群索性越过糖棕树，躲避到黑鬣毛背后去了。

鬣狗群经过黑鬣毛身边时，一只身上和四肢有很多黑褐色条纹的老鬣狗，不知是无意间走歪了方向，还是故意要奚落它黑鬣毛，肮脏的身体擦着它的前腿过去，那条短短的鬣狗尾巴重重地扫了它额头一下——老虎头上拍苍蝇，狮子头上扫灰尘，这简直是冒天下之大不韪嘛！

黑鬣毛一时想不通这些鬣狗何以会如此大胆，吃了豹子胆还是神经短路了？瞧瞧从它面前经过的鬣狗，肩和背上都长有颜色深重的鬣毛。非洲草原上总共有三种鬣狗：缟鬣狗、斑鬣狗和棕鬣狗。这些家伙无疑是属于体形最小的缟鬣狗，体小力弱，生性也没有体形最大的斑鬣狗那般凶残，凭什么敢和四只雄狮玩危险的捉迷藏游戏？

莫非，这些家伙看到四只驱赶它们的雄狮肩胛和脖颈上的鬣毛还没长齐，知道它们是缺乏狩猎经验的半大小子，所以不把它们放在眼里？不不，再年轻的雄狮也是雄狮，不是纸糊的，也不是泥捏的，别说咬了，庞大的躯体就是压也要把缟鬣狗压死。再说，四张狮嘴，八只狮爪，狮多力量大，不可能没有威慑力的！

为什么那么张狂？为什么那么肆无忌惮？

黑鬣毛很快就找到了正确答案。它看见，正在驱赶鬣狗的红飘带，速度越来越慢，越来越慢，突然像喝醉了酒似的步履踉跄，四腿一软，咕咚一声栽倒在地，嗷呜嗷呜发出无可奈何的哀叫。紧接着，大头狮、刀疤脸和桃花眼也都有气无力地趴了下来。四个兄弟用无神的眼睛可怜巴巴地望着它，似乎在说：大哥，我们的力气已经耗尽，实在是追不动了呀！

哦，这些讨厌的鬣狗，这些该死的精明鬼，从四只半大的雄狮嘶哑的吼叫声、已贴到脊梁骨的空瘪瘪的肚皮、乏力的四肢和慢腾腾的追撵速度中，已看准它们是饥饿得快挺不住了的狮子，外强中干，色厉内荏，徒有雄狮的虚名，枉披雄狮的皮囊，虽然是有血有肉的雄狮，跟纸糊的泥捏的也没什么差别了，所以才敢如此放肆地和狮子玩起捉迷藏的游戏。

它黑鬣毛在这群鬣狗眼里，恐怕早已是一堆待割的腐肉了。

鬣狗是一种专食腐尸的动物，对死亡有一种特殊的敏感。看来，不仅它黑鬣毛，连四个兄弟的生命也已危在旦夕了。它们已整整两天两夜没吃到东西，又奔波劳累，体力消耗极大，就像燃料快耗尽的发动机，又像快被烈日舔干的水塘，生命已衰微，正在黄泉路上徘徊，假如再继续这样饿下去，用不了多长时间，就会变成四具饿殍。

唉，对人类而言，英雄难过美人关；对狮子而言，雄狮难过饥饿关！

可恶的鬣狗们见大头狮、刀疤脸、桃花眼和红飘带都趴下来了，胆子越来越大，开始实行蚕食战术，一点一点向糖棕树靠拢，缩短彼此的距离。不一会儿，几只领头的鬣狗离它黑鬣毛只有二三十米了。呦嗬叽，呦嗬叽，鬣狗们此起彼伏，疯狂地嚣叫着，这是催命的咒语、求狮子速死的祈祷、正在拟写的唁电、提前召开的追悼会。

黑鬣毛心里一阵悲凉，洞开的嘴腔唏哩噜唏哩噜发出一串恳求声，竖起尾巴，朝左不断地摇甩。左边是辽阔无际的大草原，它这个肢体语言的含义十分清楚，是要四个兄弟趁还有点力气行走，赶快离开这里，离开鬣狗群，离开死亡！它们继续守在它身边，已毫无意义；它不愿它们陪它死，不愿它们做它的殉葬品。

——走吧，快走吧，再过一阵，你们饿得头昏眼花，饿得极度衰竭了，想走也走不了啦！

四个兄弟不仅没离开它，红飘带还用膝盖撑着地，爬到它身边，和它并排躺在一起。红飘带的眼神绝望而凄凉，分明在说：大哥，我们都饿得不行了，留在这里也是饿死，离开这里也是饿死，还不如大家死在一起算了。

是的，四个兄弟已虚弱得连鬣狗也赶不走了，即使还有点力气能离开这里，但要想逮着猎物是绝对不可能的了，现在别说斑马角马这样的大型食草兽，就是一只兔子，也休想追撵得上。天上不会落白米，天上也不会掉肉块，它们照旧吃不到任何东西，离开这里，不过是换个地方饿死罢了。

老天爷，难道真的只有死路一条了？

时间像河水似的在流逝，东方地平线上，漆黑的天际，闪出一条朦胧的白光。非洲草原昼长夜短，可怕的白天就要来临了，黑鬣毛想，四个兄弟都已十分虚弱，在烈日暴晒下，用不了多长时间，便会被晒晕晒昏，晒成一堆狮肉干的，到那个时候，早已等得不耐烦了的鬣狗们就会蜂拥而上，先像拆零件似的把它们的肢体全部拆开，然后把它们吃得连一根骨头都不剩。

它已受了致命的重伤，反正活不长了，死不足惜，黑鬣毛想，但大头狮、刀疤脸、桃花眼和红飘带也跟着它被鬣狗吞吃掉，就太冤枉了。四个兄弟并没受什么伤，好端端的，不过就是饥饿罢了，只要有点肉食给它们吃，它们的生命之火很快就会蓬蓬勃勃地燃烧起来，恢复青春的力量，变成让鬣狗闻风丧胆的雄狮。可是，食物在哪里？它能拿出肉来给四个兄弟吃吗？

它能拿出肉来……它的肉……一个奇异的想法就像诗人的灵感一样，突然在黑鬣毛的脑子里像火光似的闪了一闪。不不，它立刻否定了自己荒诞的念头。蝼蚁尚且苟活，狮子当然更爱惜自己的生命，它怎能将自己当做食物奉献出去呢？大公无私、舍身救人，那是人类的伦理道德，狮子可没那么崇高的思想境界；对狮子来说，生命是自私的，基因是自私的，自己能活下去，比什么都重要。它没必要牺牲我一个，幸福四只狮，它想。

可是……可是……问题是这样拖下去，它有活下去的可能吗？连万分之一的可能都没有！别说它也饥渴难忍，就是有东西喂它，它受了这么重的伤，也无法吞咽，必死无疑了。

或许，它可以立个遗嘱，等它气绝身亡后，躯体就归四个兄弟享用；反正已经死了，失去了所有的感觉，它们要吃便吃，落得做个顺水"人"情。

不不，这也不妥，它虽然受了致命的重伤，一时半刻却还死不了，大概还要拖过一个白天，等到明天半夜，心脏才会停止跳动，到那个时候，四个兄弟肯定也已身心衰竭，连撕开它身体的力气也没有了，恐怕只能跟它一起被阎罗王收留去了。伤口越来越疼，每一次呼吸都像被仙人掌的毒刺扎着似的疼痛难忍，完全可以想象，当太阳当头，烈焰似的阳光烤着伤口时，滋味怕比在油锅里煎好不了多少。这就是说，它坚持苟活下去，无非是延长痛苦而已。既然如此，早死说不定还是一种解脱呢。

它没有其他出路了，要么被鬣狗吃掉，要么送兄弟吃。鬣狗吃和兄弟吃，在疼痛的感觉上大概不会有多大差别。与其被肮脏的鬣狗吃，倒不如让大头狮、刀疤脸、桃花眼和红飘带分而食之，让鬣狗失望而归，起码也是对欺狮太甚的鬣狗的一个报复。

——活着受罪，等待死神降临，有什么意思？

——不不，天底下再也没有比生命更宝贵的东西了，能多活一分钟也是好的。

——变废为宝，让四个兄弟活下去，不也体现了生命的另一种价值？

——不不，死亡等于毁灭，一切都不存在了，还奢谈什么价值不价值的！

就在黑鬣毛进行激烈的思想斗争时，鬣狗群又开始骚扰雄狮。

还是那只身上有很多黑褐色条纹的老鬣狗，也许是太饿了想先吃块点心垫垫底，也许是想在众鬣狗面前炫耀一下自己出众的胆魄和盖世的武功，它不声不响地蹿到黑鬣毛的身后，冷不防就在黑鬣毛的屁股上咬了一口，直咬得狮毛飞旋，皮开肉绽。

黑鬣毛惨叫一声，条件反射地想旋转身体去扑咬反击，无奈身体像石头一样死沉沉的动弹不了，只好改变方式，抡起尾巴去扫，老鬣狗又一溜烟的从它身边逃开了。

它身后的荒草丛中，传来众鬣狗一阵阵的欢叫声，大概是在为老鬣狗开庆功大会吧。

用别人的痛苦来衬托自己的伟大，何等卑劣！

活吃雄狮，是不是也太过分了一点？怕会成为动物界千古流传的大笑话呢！唉，龙进浅池被虾戏，虎落平阳被犬欺，落魄的雄狮被鬣狗吃，这世道也太不公平了。

黑鬣毛痛心疾首，但又无可奈何。

老鬣狗已经开了头，其他鬣狗也会依葫芦画瓢，跟着老鬣狗学，偷偷摸摸从背后来袭击它的。黑鬣毛想，你也来咬一口，它也来咬一口，我的身体再大，也经不起这种小偷小摸，等不到明天天黑，就会被咬空成一具骷髅的。这是一种名副其实的凌迟，不仅身体遭受摧残，心灵也备受痛苦的折磨。它的心脏还在跳动，它还在呼吸，却只能眼睁睁地看着丑陋的鬣狗一口一口把自己撕碎，这也未免太窝囊了。它好歹也是只雄狮，它无法忍受这种极端的蔑视和最恶毒的侮辱！

再说，被血盆大口干干脆脆地啊呜一口咬死，肯定比被无数张臭嘴一小口一小口凌迟致死感觉要好受些。

死在渺小的鬣狗口中，毋宁死在同伴雄狮口中！

一般情况下，狮子和包括人类在内的其他哺乳类动物一样，有同类不相食的禁忌。假如没有这条禁忌的话，你也吃我，我也吃你，你也把我当食物看待，我也把你当食物看待，这世界上早就没有狮子这种动物了。因此，在狮群社会里，即使老年狮子寿终正寝了，即使小狮子夭折了，即使成年狮子受伤而亡，食肉成性的狮群也不会图方便图口福分而食之，而是将同类的尸体丢弃在荒野，任凭鬣狗和秃鹫来捡便宜。天底下没有哪只狮子会从节约的角度考虑，认为这样做多少有点浪费。

所有的狮子与生俱来就有这样一个偏执的观点：同类的肉不好吃，因此是不能吃的。它们宁可捡食腐烂变质的老鼠，也不愿去碰同类的尸体。但狮子在特殊的情况下，也会打破这条禁忌，那就是面临饥饿时。当连续几天找不到食物，当连腐烂变质的老鼠也吃不到，当饿得眼睛发绿肚子抽搐时，它们也会怀着内疚的心情和恶心的感觉，啃吃同类的尸体，以求能生存下去。

饥荒年头，个别狮群里甚至发生过饥饿的成年狮子咬死并吞食幼狮的罪行，还有过几只健康的狮子围杀一只老年狮子分而食之的野蛮行径，但一旦饥荒过去，能猎到其他食物了，这种同类相食的现象便立刻消失，禁忌重新发挥作用，恶行马上得到有效的制止。对狮子而言，万恶饿为首，百善饱为先。

现在，五只半大的雄狮陷入了山穷水尽的困境，也就是说，到了可以打破同类不相食这条禁忌的时候了。

主意已定，黑鬃毛不断颔首，尾尖也一上一下地舞动，把四个兄弟唤到自己跟前，然后，往上翘起头颅，暴露出脱臼的下颌和被踢伤的脖子，差不多快凝固的血又汩汩地往外淌。它仰着头扭动脖子，喉咙痒丝丝的像有根蟋蟀草在逗弄，一阵猛烈咳喘，喷出几口血浆来。它是故意用这个办法，让空气中弥漫开浓浓的血腥味，以撩拨四个兄弟的食欲。

刀疤脸最先反应过来是怎么回事。它愣了愣，随即黯淡的眼睛像划亮的火柴闪出一片兴奋的光芒，唇吻缩紧，长长的胡须邪恶地高高挑起，血红的舌头在尖利的牙齿间来回磨动，那神态，好像看见了一只送上门来的羊羔。

紧接着，桃花眼也活跃起来，两只爪子抠抓着草根，那动作的意义，好比磨刀霍霍，到时候可以撕扯得更快些。

黑鬃毛心凉了半截，这两个家伙，肯定早就想把它当做食物渡过难关了，只不过碍于情面，不好意思下口罢了。它心里一阵伤心。

是的，它已决心牺牲自己，成全四个兄弟，但它不愿意看到它们理所当然的表情，它希望它们在领会了它的意思后，不说感激涕零吧，起码也该有点感动的表示。它心里很清楚，它们认为是理所当然也好，它们表现出感激涕零也好，事情的最后结局都是一样的，它被残忍地大卸八块，雄狮变成了可以充饥的肉食，但它却渴望它们能有所感动。它固执地认为在它们感动的表情中，它的举动便会升华为一种千古永存的义举，生命便获得了神圣而又永恒的价值。

这时，大头狮挤开了刀疤脸和桃花眼，钻到黑鬣毛跟前，开始了一场空前绝后的表演。

大头狮一定看出了它的伤心，也一定窥探出了它微妙的心理活动，刚才还很平静的脸，刹那间像误吃了黄连似的皱成一团，活像一只刚刚采撷下来的苦瓜，拼命摇着硕大的脑袋，尾巴耷拉在两胯之间，两只后爪胡乱踢蹬着草地，嘴里呜噜呜噜地发出响亮的呜咽声。这副表情，已远远超出了普通的感动，用感激涕零这个词也不足以形容了，完全是悲恸欲绝，如丧考妣。

这也未免太夸张了些，黑鬣毛想，快要饿死的雄狮，不可能有那么丰富细腻的情感。它承认它们五只半大雄狮之间，有着同患难共命运的兄弟情谊，但这种情谊绝不可能和死了亲娘相提并论，更何况大家都处在你死我活的困难境遇中。太夸张就显得不真实了，一看就知道是在演戏。但它不想去责怪大头狮，狮子嘛，头等大事就是要吃饱自己的肚子。再说，虚伪的感情总比赤裸裸的不讲感情要好。假作真时真亦假，是真是假鬼知道，它就当大头狮的悲痛欲绝是发自内心的真情实感好了，把虚伪当补药吃，不也可以获得一点自我安慰吗？

——节哀顺变吧，你们就当从没有过我这个大哥。黑鬣毛无法闭拢的嘴洞贴在大头狮的耳朵旁，咿咿呜呜地嘟哝着。

——大哥，我们实在舍不得你，大头狮也嘟哝开了，大哥，我真恨不得能替你去死。

——行啊，你真要有这份真心的话，写个申请，要求做食物好啦。

……

——假的就是假的，伪装应当剥去。

就在这时，黑鬣毛感觉到有什么东西在自己的前腿弯轻柔地蹭动着，扭头一看，哦，原来是老幺红飘带。

红飘带满脸羞愧与感激的表情，虔诚地舔舔它的腿，然后慢慢转过身去，垂下头，将脸埋进草丛里。黑鬣毛心里热乎乎的，它觉得红飘带的感情虽然含蓄而有节制，却是真诚可信的。

羞愧与感激，恰如其分地点明了悲剧的真相。它黑鬣毛之所以落到要被鬣狗活杀活吃的地步，皆因四个兄弟所累，它们若还有一点天良的话，理应感到羞愧；它用自己的死换取它们的生，它用自己宝贵的生命做它们的铺路石，难道还不值得它们发自肺腑地感激？

红飘带轻柔地舔它的前腿弯，表达了依依惜别之情，而转过身去，将脸埋在草丛里，说明不忍心看着它被撕碎，不忍心看到同类相食的悲惨情景。这世道，虽然有奸有恶有虚伪，但也有忠有善有真诚，黑鬣毛望着红飘带，心里真正得到了一些宽慰。假如它有权像处理遗产似的处理自己的遗体，它要把最好吃的内脏留给红飘带，而把四只最难啃的脚爪，给刀疤脸和桃花眼。

时间不早了，再磨蹭下去，狡猾的鬣狗说不定又要想出什么毒辣的手段来对付它们了。

黑鬣毛把沾满血浆的脖子伸到大头狮的嘴里，大头狮比刀疤脸、桃花眼和红飘带早生了几天，是四个兄弟中最年长的一个，理应由它送它上西天极乐世界去，这样，它离去后，大头狮就能顺理成章地顶替它的位置，成为活下来的四只半大雄狮的领头狮。

大头狮惶恐地用唇吻将它的脖子顶开，不由自主地后退了一步。

——别不好意思了，咬吧，咬吧，是我自觉自愿让你咬的，我就是到了阴曹地府，也决不会告你谋财害命的!

黑鬣毛再次将滴血的脖颈送进大头狮的嘴里，大头狮伸出舌头，来来回回在它的脖颈间舔着，一舔两舔加三舔，舔个没够，仿佛不是要进行致命的噬咬，而是在进行舒适的按摩，在用舌头替它疗伤。

大头狮的眼睛里一片晶莹，神情专注，似乎要舔出一片深情，舔出一片炽热的情怀来。黑鬣毛心里明白，大头狮如此这般地舔它的脖颈，绝非虚伪的殷勤，也不是在无端地浪费时间，而是要尽量减少它临死前的恐惧，让它在一片温馨的按摩中陶醉，然后闪电般地猛地咬断它的脖子，减少它死亡的痛苦。

看来，自己刚才有点错怪大头狮了，黑鬣毛想，大头狮虽然有点虚伪做作，但心肠并不坏，倘若不是被逼上了绝路，绝不肯用它来当充饥的食物的。

大头狮来回舔它脖颈的频率越来越快，动作越来越轻柔，它知道，这意味着最后的时刻快来临了。假如它是一个人，而且不幸是位诗人，这时候未免要吟诵这样一首诗：死后方觉万事空，但悲鬣狗叫得凶，雄狮称霸草原日，拜祭勿忘告黑鬣。遗憾的是它只是一只狮子，没受过高等教育，既没诗兴，又没文采，无法最后风流一下。它只是用无限留恋的眼神，最后望了望围在它身边的四只半大雄狮。

大头狮的嘴突然猛地闭拢，蹲直的身体重重往下一趴。黑鬣毛只觉得呼吸突然被粗暴地剥夺了，两眼一黑，身体像棵枯木似的栽倒了。

它们实在太饿了，不一会儿，黑鬣毛就只剩下一颗脑袋、一根尾巴、四只脚爪和一副白花花的骨骸。公平地说，它们都是怀着内疚和感激的心情啃食黑鬣毛的，虽说是活杀活吃，也没品尝出鲜美的滋味，味同嚼蜡，就好像人在吃夹生饭和忘了搁盐的菜，谈不上任何享受，无非是往胃里塞进一些东西去，免得饿死。

很快，它们空瘪瘪的肚子鼓了起来。

它们从黑鬣毛的残骸里抬起头来，互相看了一眼，目光严峻而深沉。谁也没想到，被赶出家园成为流浪汉后所吃的第一顿饭竟会是大哥黑鬣毛。苍天保佑，但愿这同类相食是第一次也是最后一次，这是它们的共同心愿。

虽然味道不佳，但毕竟吞进肚去的是新鲜的肉块和营养丰富的血浆，好比干枯的禾苗喜逢甘霖，快停止转动的发动机灌进了汽油，快熄灭的火塘添了一捆干柴，四只半大雄狮委顿的身体重新变得强悍，软绵绵的四肢恢复了硬朗，黯淡的眼睛很快流光溢彩，连嘶哑的吼叫声也正常化了，圆润而洪亮，噢——噢——充满力的旋律和青春的音韵。

它们得救了，它们死而复生了，它们生命之火蓬蓬勃勃燃烧起来了。

在它们埋头聚餐黑鬣毛时，鬣狗们闻到了甜甜的血腥味，纷纷来到离四只半大雄狮仅一二十步远的身后噢呜噢呜怪器，企图分一杯羹。四只半大雄狮正在紧张地进食，无暇顾及鬣狗，现在，它们肚子塞饱了，力气恢复了，精神饱满了，斗志昂扬了，该出出这口窝囊气了！

大头狮领头，四只半大的雄狮突然转过身去，齐声发出威风凛凛的吼叫，从东西南北四个方向朝可恶的鬣狗扑去。顿时，鬣狗们犹如丧家之犬，夹着尾巴拼命逃窜，很快逃得无影无踪。

它们是醒狮、饱狮、雄狮，是未来的草原之王，渺小的鬣狗岂是它们的对手！

天亮了，火红的太阳冉冉升起，非洲草原新的一天开始了。

大头狮、刀疤脸、桃花眼和红飘带带着歉意最后看了黑鬣毛一眼，离开糖棕树，向茫茫罗利安大草原走去。它们不知道要到哪儿去，也不知道前途是凶是吉是福是祸，但有一条是肯定的，它们还年轻，不管还有多少坎坷多少磨难在等待着它们，它们也要设法活下去。

活着，比什么都重要。

第五章　危机频频

　　整整半年，四只半大雄狮过着颠沛流离苦不堪言的日子。

　　最恼火的还不是食物问题，而是没有一块属于它们自己的领地。它们围着椭圆形的罗利安大草原，从东找到西，从南找到北，差不多都走遍了，也找不到一块无主的土地。哪儿都有狮群霸占着：北边是帕蒂鲁狮群，东北角是卡扎狮群，西北角盘踞着超短鬣狮群，正西方向是灰鼻吻狮群，偏西南是沙特拉狮群，南边是汉姆狮群，西南角则是独耳喀喀狮群……巨大的罗利安大草原连同毗邻的那片辽阔的锡斯查沼泽，像生日蛋糕似的，被切成一块一块，早就瓜分完毕。

　　天地那么宽广，却没有属于它们自己的一片云彩，也没有它们自己的立锥之地。

没当过流浪汉的狮子，想象力再丰富，也难以想象没有领土的流浪汉日子过得有多艰难。它们是雄性，天生就是不受欢迎的角色，无论走到哪里，都会遭到无情的驱逐和追咬。那些圈地为王、妻妾成群的大雄狮，无一例外地将它们看做野心家和侵略者，看成是现实的捣乱分子和潜在的巨大威胁，一点不讲同类情谊，一点不动恻隐之心，只要它们一进入某个狮群的领地，一旦被发现，立刻就会招来粗暴的呵斥和可怕的追杀。

那些个大雄狮，平时看起来挺懒散的，连猎食都要母狮代劳，自己很少动手，但驱赶起它们来，却出奇地勤快，只要闻到了它们的气味，或看到了它们的踪影，无论隔得多远，无论是在睡觉还是在吃食抑或是在同雌狮缱绻，立刻就会把手头的事情搁在一边，怒吼着飞奔而来，亲自动手驱逐，一直要把它们完全赶出领地，才肯罢休。

这可苦了它们四兄弟。沼泽和草原被划分成一块一块的，每个狮群占领着一块；相邻的两个狮群之间，没有空当，没有间隙，没有谁也管不着的真空地带。也就是说，它们无论走到哪里，都是非法闯进别的狮群的领地，分分秒秒扮演着入侵者的角色，时时刻刻处在受攻击的位置，没有一分钟是安全的，也没有一分钟是安宁的。

有时，它们刚刚找了片树荫躺下，咆哮的大雄狮就来到面前，没办法，它们只好又钻进烈焰似的太阳底下，没命奔逃；有时，老天爷下起热带暴雨，它们好不容易找到一棵能遮风挡雨的大榕树，挤在树洞里还没把淋湿的身体晾干呢，凶神恶煞的大雄狮又突然冒了出来，没奈何，只得又逃进没有任何遮蔽物的旷野，被雨浇成落汤鸡；有时，它们在黑得望不见自己尾巴的夜晚，顾不得荆棘会划伤自己的皮肤，强行钻进密密的灌木丛，以为可以睡个清静觉了，殊不料眼睛还没闭上呢，就看见龇牙咧嘴的大雄狮已站在灌木丛外等候它们多时了……

过街老鼠，人人喊打；流浪雄狮，狮狮喊杀。

没有自己的领地，就意味着没有自己的狩猎基地，也就没有稳定可靠的食物来源。它们不管在哪里发现并抓到了猎物，都属于在别的狮群的领地范围里偷猎或行窃，会被气势汹汹的大雄狮抢夺没收掉。

狮子狩猎，不可能像蛇那样鬼鬼祟祟悄无声息地进行，总要弄出点声响来，不是狮子们吼叫，就是猎物吼叫。叫声随风传播，很快就会钻进这方土地的霸主——大雄狮的耳朵，大雄狮就会赶来兴师问罪。有好多次，它们费了九牛二虎之力刚把一头羚羊扑倒，还没来得及吃上一口，蛮不讲理的大雄狮就旋风般地赶到猎场，把羚羊抢走。它们若还不知趣地赖在猎场不走，想和大雄狮评评理什么的，便会招来暴风骤雨般的致命扑咬……

整整半年，它们几乎没有睡过一个囫囵觉，一天挪七八次窝已不是什么稀罕事；也没有安安稳稳地吃过一顿饱饭，实在饿极了，就到鬣狗和秃鹫口中去抢食腐烂变质的动物尸骸，一吃就拉稀，止也止不住。

很快，它们就瘦得三根筋挑着一个头，脊梁骨和肩胛支棱出来，肋骨也像搓衣板似的一根根清晰地暴突出来；眼睛里愁云密布，神情委靡；谁也没有心思去梳理皮毛，各个鬣毛杂乱，蓬头垢面；身上落满了尘土，毛上粘了一坨坨草汁树浆，邋遢得像群落魄潦倒的叫花子。

这一天，大头狮带着刀疤脸、桃花眼和红飘带，用伏击的办法，逮着一只肥胖的貘，正准备吃呢，突然，传来大雄狮的怒吼声。抬头望去，一只红脸雄狮和一只黄脸雄狮正沿着草丛中的一条牛毛细路飞奔而来，两只大雄狮的身后还跟着五六只成年雌狮。红脸雄狮和黄脸雄狮一边奔跑一边吼叫，就好像警察赶赴犯罪现场。唉，大头狮在心里哀叹了一声，看来又是为他人做嫁衣裳，白辛苦一场。它朝三个兄弟摇了摇尾，走吧，走吧，但愿这只貘是有毒的，谁抢去吃了谁就拉肚子！

桃花眼和红飘带知趣地扔下貘，转身就走。它们眼里已没有愤慨，甚至没有遗憾，这种事情屡屡发生，早就习以为常，变得麻木了。

大头狮是只领头狮，按习惯，撤退时通常都是走在最后，它见刀疤脸还在舔食死貘伤口冒出来的血蘑菇，就又急促地吼了两声，催促刀疤脸赶快离开。

——别因小失大，为了多吃一口血蘑菇，把小命也赔上。

刀疤脸抬头看了看它，又扭头望望越来越近的红脸雄狮和黄脸雄狮，没有像桃花眼和红飘带那样扔弃死貘自己跑掉，而是一口叼住貘的脖子，拖着貘走。

貘是非洲草原特有的一种动物，形状像猪，只是嘴吻比猪长一些，大小也和猪差不多，大约有五六十公斤重。

假如是只身体特别强壮的大雄狮，勉强可以叼起一只貘，奔跑一段路。刀疤脸还是只半大雄狮，本来力气就有限，又过了半年的苦日子，骨瘦如柴，身体极弱，根本叼不起貘，更别说带着貘奔跑了，只能慢腾腾地拖着走。

——你这个样子，别说带不走貘，连你自己都会落到与貘同样的下场呢！

大头狮焦急地走过去，用身体撞击刀疤脸的脖子，要它把貘吐掉，摔掉坛坛罐罐，丢下包袱，轻装逃命，才有可能逃出红脸雄狮和黄脸雄狮的魔掌！

刀疤脸不听它的，执拗地拖着貘走，走得比穿山甲还慢。

大头狮一口咬住一条貘腿，猛力一扯，把貘从刀疤脸的嘴里扯脱了，甩到一边去，然后，用脑袋顶着刀疤脸的腰，强迫刀疤脸转身逃命。

——一只貘，丢就丢了吧，留得青山在，不怕没柴烧。

刀疤脸被迫跟着它跑出五六步远，突然一扭腰，摆脱了它的控制，旋身又奔回死貘身边，索性趴在死貘身上，慢条斯理地吃起貘肉来。这绝对不是一只正常狮子的正常行为。大头狮惊讶地走过去一看，刀疤脸脸上的表情坦然而潇洒，有一种横竖一条命、谁要谁拿去的无所谓，死囚犯似的坦然，光棍赌输得只剩下一条裤衩的潇洒。大头狮心里咯噔了一下，它明白了，刀疤脸并非看不见听不见红脸雄狮和黄脸雄狮正不怀好意地赶过来，而是宁愿做个饱死鬼！

红脸雄狮和黄脸雄狮距离这里只有四五十米远了，它们的眼睛阴森森的，透露出杀机。跟在后面的雌狮也张着血盆大口做好了噬咬的准备。危险迫在眉睫，大头狮走也不是，留也不是，急得在刀疤脸身边团团转。

它要是对刀疤脸弃之不顾，自己一走了之，安全倒是安全了，但似乎情理上有点说不过去：它现在是四兄弟中的领头狮，有责任关照刀疤脸，使其免遭无谓的牺牲。它要是再继续滞留在刀疤脸身边，很可能就要陪着刀疤脸送死，这也是很不划算的举动。看来，只有采取断然措施了。

大头狮举起右爪，一个耳光掴在刀疤脸的左脸上。虽然狮子的脸上有一层浓密的短毛，怎么掴也掴不出清脆响亮的效果，但狮爪上的指甲像一柄柄尖利的匕首，一个闷声闷气的耳光过去，刀疤脸的左脸上立刻绽出一朵血花，和原先右脸上的那条刀疤形成了对称，刀疤脸变成了刀疤大花脸。

——你这个孬种，你这个脓包，饿了两顿饭，就受不了啦？想用一条命换顿饭吃，你这条命也太不值钱了吧！

刀疤脸疼得惊跳起来，鬣毛直立，嗷嗷咆哮：

——天欺负我，地欺负我，各个狮群的大雄狮欺负我，连你也要欺负我，我不想活了，我跟你拼了！

大头狮就是要达到一个刺激刀疤脸来追赶自己的目的，它掉头就跑，刀疤脸发疯似的尾随追击……

背后传来红脸雄狮和黄脸雄狮很不解恨的吼叫声。

这一场饥饿危机刚平息，另一场瞌睡危机又降临了。

翌日上午，大头狮领着三个兄弟转了好几片草场，好不容易在锡斯查沼泽西南隅找到了一块清静的洼地，洼地里有几株长秆芭蕉，宽大的叶子能遮挡阳光，是个不错的栖息地。

四只半大的雄狮在草原奔波了一夜，辛苦了一夜，天快亮时总算捡到一只病死的小疣猪，吃了个半饱，饥饿感暂时消失，瞌睡虫便爬上身来，各个疲倦得连眼睛都快睁不开了。四兄弟各自找了株芭蕉树，卧在树根下，倒头便睡。

不知是老天爷故意和它们闹别扭，还是占据这块土地的沙特拉雄狮感觉特别敏锐，大头狮刚刚迷迷糊糊地闭上眼，就传来闷雷似的狮吼。它吃了一惊，咬着牙把瞌睡虫赶出脑袋，强撑开眼皮，走出洼地一看，好家伙，沙特拉雄狮率领一大群雄狮和雌狮，正嗅闻着它们留在草地上的脚印，朝洼地搜捕而来。

它赶紧叫醒三个兄弟紧急转移。刀疤脸和红飘带虽然满脸懊丧，倒还算听话，站起来一边摇头晃脑地打发瞌睡虫，一边顺着草丛中一条被野兽践踏出来的若隐若现的小路溜之大吉。可桃花眼却一反常态，被叫醒后，机械地站起来，睁开蒙眬睡眼，看了它一眼，四膝一软，又就地躺卧下去；脑壳一歪，双眼一闭，沉沉睡去。

开始，大头狮还以为桃花眼是疲乏过度，梦游太深，懵懵懂懂，没弄清是怎么回事，所以翻了个身继续睡觉。它衔住桃花眼的一只耳朵，强行把桃花眼歪倒的脑壳提起来，嘴里咔咔咔发出一串狮子式的警报。

——危险正在逼近，快醒醒吧，把你的好梦分上下场，现在做的是上半场，换个地方再做完下半场吧！

大头狮的嘴咔咔咔拉警报，免不了唇齿松动，桃花眼的耳朵自然就从它的嘴里滑脱出来，那已被提起来的脑壳又软绵绵地歪倒下去，更让人头疼的是，桃花眼不仅重新躺卧在地，还展了展腰，将本来俯卧的身体斜过来，四爪横伸，侧卧在地，随即又翻了半个身，四爪朝天，胸腹袒露，变侧卧为仰卧，姿势更加放松，睡得愈加舒服了。

对狮子来说，通常都是俯卧而眠，因为这个姿势容易应付突发事件，万一危险悄悄临近，刹那间便可站起来予以反击；只有在和睦的群体里，在宽松的气氛中，在安全绝对有保障的情况下，才敢仰卧的。仰卧当然比其他姿势睡得更惬意舒适，但保险系数却大大降低。

兄弟呀，你也睡得太死了嘛，是不是非要让沙特拉大雄狮咬断你的喉管，你才会醒来呀！大头狮生气归生气，还是一丝不苟地履行领头狮的职责，再次叼起桃花眼的耳朵，把脑壳提起来。桃花眼睁开迷惘的眼睛，呆呆地望着它。

——谢天谢地，总算把你弄醒了，起来吧，一秒钟也不能耽搁了。岂料大头狮的嘴一松，那脑壳又像鱼似的沉了下去。

这时，大头狮才意识到事情有点不妙，仔细看去，桃花眼的眼睛里泪光闪烁，嘴唇微微开启，小半根舌头无力地拖在嘴外，一副听天由命的茫然神情。它恍然大悟，桃花眼知道沙特拉狮群正在向洼地搜索靠近，知道自己的处境很危险，但不愿再逃了，宁肯在昏睡中被咬死！

把瞌睡看得比命还重，这倒是空前绝后的创举。

没办法，大头狮只好再次动粗，在桃花眼的大腿上狠狠咬了一口。桃花眼触电似的惊跳起来，终于被咬"醒"了，撒腿就逃。

大头狮之所以叫大头狮，除了它的脑袋特别大，圆咕隆咚像只大南瓜外，更主要的是它的脑袋特别发达，智商很高，绝顶聪明，堪称天才狮。

在它刚满半岁时，有一次，几只同龄幼狮在草窠里发现一个火烈鸟的窝，正在孵卵的一对火烈鸟扑棱着翅膀从窝里飞出来，慢腾腾地在草原上飞飞走走，引诱幼狮去追赶，其实也是引诱幼狮离开那窝还没孵化出来的蛋。

幼狮们自然不知道火烈鸟的用意，见两只火烈鸟飞得低，走得也慢，尤其那只雌鸟飞翔时一只翅膀高一只翅膀低，陀螺似的打旋，真还以为这两只火烈鸟受了伤什么的，是唾手可得的食物哩，于是就兴高采烈地追捕。

那两只火烈鸟总是不远不近地在幼狮们前头七八米处，待幼狮的爪子快够着它们时，扇动翅膀又飞出七八米去，逗得幼狮们心痒痒的，欲罢不能，一个劲地追呀追，远离了鸟窝，一直追得筋疲力尽，瘫倒在草地上。两只火烈鸟这才舒展双翅，留下一串讥笑，消失在蓝天白云间。

幼狮们面面相觑，后悔莫及，要想重返鸟窝，去捡食那窝鸟蛋，可是已七转八转转晕了头，迷失了方向。就在其他幼狮兴致勃勃地追撵两只火烈鸟时，大头狮却悄悄地抽身退出了这场看起来很有希望其实是竹篮打水一场空的追逐，回到鸟窝旁，钻在茂密的草丛里，静静地等待。

过了一会儿，两只火烈鸟成功地摆脱了幼狮群的纠缠，用云朵做掩护，在天空兜了一个大圈子，扬扬得意地回到鸟窝，雌鸟急急忙忙地重新趴在鸟蛋上，雄鸟忙着用嘴喙修理被弄坏了的窝。就在这时，大头狮突然从草丛里扑出来，一下子把两只火烈鸟和一窝鸟蛋通通搂在怀里。从此，它在同龄伙伴中就被公认为是聪明狮，要不是它心眼有点小，私心较重，它本来可以取代黑鬣毛成为青年领袖的。

人类有句俗话说，小时候聪明，长大了却未必，但大头狮的智慧却和年龄同步增长，越大越聪明。在大头狮一岁半时，竟然运用智慧使得双色鬣狮群吃到了一顿美味的黑猩猩肉。

动物界比智力的话，灵长类动物绝对要胜过其他动物，而数百种灵长类动物中，黑猩猩的脑容量和大脑皮层尤其发达。倘若动物界也举行智力大赛，黑猩猩绝对是金牌得主。黑猩猩会将树枝捅进蚂蚁洞去钓白蚂蚁吃，还会骑在树杈上用长长的竹竿挑下悬吊在树梢的坚果。

狮子在非洲热带丛林里称王称霸，可以说是尝遍百兽，想吃什么肉就吃什么肉，甚至连凶猛的非洲鳄也被列入它的食谱，但就是吃不到黑猩猩。

假如单纯比力气，或光明正大一对一肉搏，狮子当然不会把黑猩猩放在眼里，一爪子过去，就会抓得黑猩猩皮开肉绽；嗷呜咬一口，就能把黑猩猩送上天堂或者打入地狱。

遗憾的是黑猩猩并非绅士，从不单独与狮子较量，也不和狮子比谁的力气更大，谁的爪牙更尖利，总是躲在高高的树梢上，朝狮群发出尖厉的嚣叫，用树枝和果子居高临下地砸狮子。狮子虽说也能爬树，但只能爬到树腰的主干上，无法像黑猩猩那样在树冠间活动，只好望树兴叹，转移到别处去。

有时，狮群想用伏击的办法，在树丛中袭击黑猩猩，但这种对付其他动物百试百灵的战术，对付黑猩猩却完全失效。黑猩猩们无论是在树上采食果子还是在地上蹒跚行走，都设有专门观察四周动静的哨兵，哨兵总是待在高处，凭着敏锐的视觉与嗅觉，俯瞰瞭望，一旦发觉可疑，立刻就会嚣叫报警。可以打这样一个不恰当的比喻，狮子吃黑猩猩，好比人类说吃龙心凤肝，想想而已。

这一天，双色鬣狮群进到沼泽一个名叫葫芦岛的地方去猎食，突然就在一片黑心树林里遇到了一群黑猩猩，又同往常那样，黑猩猩在树梢又是嚣叫又是扔树枝，辱骂嘲弄，狮子馋涎欲滴，却又无可奈何。

就在双色鬣和独眼雄气咻咻地准备带领狮群撤离时，大头狮突然吼了一声，爬上一棵黑心树，咬住一根碗口粗的树枝，拼命摇晃，众狮好生纳闷，抬头望去，只见这根树枝顶端吊着一只椭圆形的马蜂窝。狮子可不喜欢吃马蜂，就像人类不喜欢吃臭虫一样，再说马蜂会叮蜇，挺讨厌的。谁也闹不清大头狮为什么要去摇那根树枝。

那只马蜂窝特别大，形状像只牛肚子果，经不住猛烈摇晃，啪地裂开了，无数个小黑点从裂口漫出来，嘤嘤嗡嗡飞舞。大头狮随即跳下树来，泡在近在咫尺的水潭里。其他狮子纷纷学它的样，也都把身体隐藏在水下。大马蜂的攻击目标当然便集中在黑猩猩身上。黑猩猩在树梢，无法躲避马蜂的叮蜇，只好折一根树枝，权当武器，挥舞拍打。

马蜂是一种恋巢性很强报复性也很强的昆虫，敢于跟破坏巢穴的来犯者血战到底，比敢死队还要敢死队；黑猩猩用树枝拍打，更激怒了马蜂，马蜂越聚越多，越蜇越凶。黑猩猩们疼得连连哀叫，有的拱着背，蜷在树权上不敢动弹，有的喊爹哭娘大声咒骂，有的在树冠上蹿来跳去，就像在耍猴戏。

马蜂是一种有毒的昆虫，蜇一两口还勉强能挺得住，蜇多了，被蜇者就会头晕目眩，浑身痉挛。终于，有一只小黑猩猩大约被蜇了眼皮，视线模糊再加上惊慌失措，咕咚一声从树上掉了下来，就像一只熟透了的硕大的黑果子被风吹落了一样。

咕咚——咕咚——"黑果子"接二连三往下掉，狮群不费吹灰之力，在树下捡"黑果子"吃。双色鬣狮群所有的狮子还是头一次尝到黑猩猩的滋味，开始还蛮有兴趣的，吃了几口，味道其实并不怎么样，比想象的差多了，肉质粗糙，寡淡无味，根本没斑羚肉好吃。

聪明的大头狮从刀疤脸的饥饿危机和桃花眼的瞌睡危机中，强烈地感觉到它们四只半大的雄狮正濒临灭绝的边缘。这绝非危言耸听。

大头狮不像其他狮子那样只会直线思维，它的脑子特别灵，会进行简单的推理，透过现象看本质。它觉得从表面看，刀疤脸在红脸雄狮和黄脸雄狮逼近之际，不思逃命反而趴在死貘身上吮吸血蘑菇，不过是一种贪嘴；而桃花眼在沙特拉狮群靠近时，仰躺酣睡，不过是一种贪睡，其实稍稍往深里探究，便能知晓事情远非想象的那么简单。刀疤脸的饥饿危机和桃花眼的瞌睡危机所反映出来的是同样一种心态：对前途绝望，已丧失了活下去的信心！

它俩被半年来吃不到一顿饱饭睡不够一个囫囵觉的异常艰苦的生活已折磨得身心交瘁，它们的求生意志早就消沉了，精神差不多要崩溃了。它们肯定是这样想的：天天吃苦，天天受难，看不到希望，能有什么将来？与其这样像叫花子似的活着，倒还不如死了干脆！它们瘦得皮包骨头，身体已虚弱到了极限，雄狮顽强的品性，在它们身上差不多也给销蚀完了。

真的，扪心自问，它大头狮何尝没动摇过呢？没有自己的领地，没有生存的空间，没有安全，没有保障，整天像丧家犬似的被其他狮群赶来赶去，任何狮子都会产生轻生的念头的。

前几天夜里，天空有一颗流星坠落地面，遥远的地方传来轰隆一声巨响，它大头狮不也产生了这样一种想法：要是那颗陨石刚巧砸在它此刻躺卧的位置，在它毫无知觉的情况下，将它毫无痛苦地带离这个世界，倒也不错的。唉，即使是天不怕地不怕的雄狮，生命的意志也是很脆弱的啊！

它想，刀疤脸的饥饿危机和桃花眼的瞌睡危机虽说被它用强制的手段克服了，但这是治标不治本，病灶不除，病根不断，病源不堵，老毛病还会再犯的。还没来得及享用的猎物被其他狮群剪径抢夺，刚刚躺下还来不及合眼又要被迫移窝，对它们四只半大雄狮来说是家常便饭，无法避免的，这就是说，随时随地，刀疤脸和桃花眼都有可能旧病重犯，去白白送死。连它大头狮都不敢保证自己就能顶得住死亡的诱惑。

要想活下去，没别的办法，只有尽快找到属于它们自己的生存领地。它们还只是半大雄狮，没有能力去占领其他狮群的领地，只有一条出路，就是到没有狮群的地方，开拓新的生存空间。

必须这样做，不然的话，要不了多长时间，它们都会因精神崩溃而死的！

第六章　闯荡生活

准确地说，罗利安大草原四周也不是绝对地找不到安全地带，有两个地方是不属于任何狮群的。

一个是锡斯查沼泽的腹地，面积有好几百平方公里，没有任何狮群在里头活动，清静是够清静的，但那里大水洼套着小水洼，一片水汪汪，到处都是深不可测的泥潭，一失足陷了进去，这辈子就甭想再爬出来了。更可怕的是，泥潭里横一条竖一条泡着凶猛的鳄鱼，长约五六米，长长的嘴吻露出两排钢锯似的尖利的牙齿，钢鞭似的巨大的尾巴搅得泥浪翻卷。

鳄鱼在地面上，狮子还有办法对付，因为体形庞大的鳄鱼在地面上行动有点笨拙，凭着狮子的敏捷与矫健，不和鳄鱼正面交锋，而是巧妙地周旋，瞅准时机绕到鳄鱼的背后，狠狠一口咬准鳄鱼的后脖颈，就能将鳄鱼置于死地。

过去它们四只半大的雄狮在双色鬃狮群时曾吃过鳄鱼，当然，只是偶尔尝尝鲜而已。但鳄鱼在水里，庞大的身体就变得十分灵活，力气也陡增了好几倍，力量对比就发生了逆转，捕食者和被捕食者的角色就发生了互换，狮子一下到水里，不可避免地就成了鳄鱼的美餐。所以，尽管沼泽的腹地环境优美，既有水源，又有食物，但却没有哪只狮子敢前往居住的。

除此以外，还有一个地方也绝对不会有任何狮群的踪影，而且地域辽阔，别说它们四只半大的雄狮了，就是四百只狮子走进去，也不会显得拥挤，那就是巴逊亚沙漠。

罗利安大草原的地形是这样的：中心是深不可测的锡斯查沼泽，四周是辽阔的稀树草原，再向外延伸就是巴逊亚沙漠了。

稀树草原宽约四五十公里，越靠近沼泽，土地越肥沃，青草越茂盛；越远离沼泽，土地越贫瘠，植被也越稀薄。

巴逊亚沙漠虽然地域辽阔，却是名副其实的生命禁区，放眼望去，一片金灿灿的黄沙，没有草，没有树，也没有水，因此也就没有任何野兽敢光顾。无论是北边的帕蒂鲁狮群还是西南角的独耳喀喀狮群，在划分地界时，都是从沙漠边缘到沼泽边缘划一条直线，再不肯向沙漠推进了。它们四兄弟好几次被其他狮群追得走投无路时，也曾逃进过巴逊亚沙漠，但那不过是暂避风头稍作停留而已，一旦追敌退去，便立刻折回罗利安大草原。

锡斯查沼泽腹地和巴逊亚沙漠都是生命禁区，不适宜居住，除此而外，所有可以生存的土地又都已被其他狮群瓜分完毕，怎么办？怎么办？

大头狮是只善于动脑筋的狮子。

一天清晨，它和三个兄弟为躲避超短鬣狮群的追击，逃到沙漠边缘。它抬头望望天空，觉得云彩分布很怪：沼泽的上空，白云朵朵，云雾蒸腾；而稀树草原的上空，云层逐渐淡薄，雾瘴也好像一调羹牛奶掺了一大杯清水，被稀释得若有若无了；及至沙漠上空，青天白日，连一丝云彩也看不到了，雾气也被干燥炎热的沙漠过滤得干干净净。它知道，这种现象，是跟地表的植被和水面密切相关的：有水的地方，天空也就云遮雾罩；有草有树的地方，天空就白云明丽。这道理就跟土地越肥沃草木越茂盛是相通的。

这发现当然算不得稀奇，更谈不上什么伟大，只要不是太笨的狮子，认真想一想，大概都能想到这一层的。但大头狮与众不同的地方就是能从一件事情联想到另一件事情。

它面朝沙漠，极目远眺，沙海绵延，狮子的视力虽好，看到的除了黄沙还是黄沙。但是，在遥远的地平线上，却并非是一条清晰的蓝天黄沙合拢的蓝线和金线，恰恰相反，地平线一片混沌，塞满了翻卷的云层，紫气氤氲，一片模糊。虽然距离遥远，看得不太清楚，但地平线上有云这一点，是确凿无疑的。有云的天空，底下就有草有树有水！突然间大头狮激动得浑身战栗起来，比发现一头角马跑进了它们四兄弟的伏击圈还要高兴。

这意味着，眼前这片沙漠不是没有尽头的瀚海，就像一个水塘、一片草地、一条河流、一座树林那样，再宽也有个底，再大也有个边，只要有胆量穿越过去，就是另一番景色！沙漠是生命的禁区，但越过沙漠，兴许就有生命的绿洲！

为了慎重起见，大头狮还连续几天悉心观察了一种名叫鹈鹕的鸟的飞翔路线。

有一群鹈鹕，不知是因为锡斯查沼泽地树木稀少，不宜筑巢，还是害怕自己的巢会遭鳄鱼、狮子、大象之类的猛兽洗劫，反正巢不在沼泽周围，却每天飞到沼泽来觅食。

鹈鹕羽毛艳丽，长长的大嘴嘴尖下弯曲成钩状，下嘴壳生有一个与嘴等长的大皮囊，可以自由伸缩，好像自备的渔网，随时可用来捞鱼。这群鹈鹕每天都在沼泽的大水塘里抓鱼或啄食其他小型水鸟，黄昏，这群鹈鹕就飞离罗利安大草原。

大头狮看得很清楚，鹈鹕总是头也不回地径直朝巴逊亚沙漠飞去，既不拐弯，也不停留，笔直地穿越沙漠。大头狮知道，鹈鹕是一种游禽类的鸟，飞行速度和飞翔能力都不算太强，也就是说，不可能是从太遥远的地方每天飞来飞回地到罗利安大草原的水塘来觅食；鹈鹕对居住环境十分挑剔，必须有树有水，不可能在沙漠里筑巢。由此可大胆设想，巴逊亚沙漠其实并不宽，鹈鹕轻易就能飞越，想来狮子也应该能穿越得过去；这群鹈鹕在沙漠的彼岸筑巢，完全可以证明，那边是适宜生命存活的地方。

穿越沙漠，寻求新的生存空间！

大头狮毫不犹豫地下了这么一个在狮子的历史上前无古狮后无来狮的空前绝后的决心。

是的，这将是一场史无前例的困难重重的远征，它不知道这片浩瀚的沙漠究竟有多宽，也不知道途中会碰到哪些艰难险阻。也许，它们走不到沙漠尽头就会被干旱、饥饿和劳累夺走生命；也许，地平线上的云层不过是海市蜃楼，是老天爷欺骗它们的一个虚无缥缈的梦境。但是，它们已经走投无路了，与其留在罗利安大草原坐以待毙，还不如闯一闯，兴许还能闯出一条生路来。

它们已经别无选择。

当天傍晚，四只半大雄狮意外地在草原和沙漠交接的地段，捡到一头因衰老而死的蓝牛羚，它们破天荒地饱餐了一顿。

大头狮觉得，捡到蓝牛羚，这是个好兆头，今天是黄道吉日，宜出门远行。于是，四只半大雄狮便义无反顾地踏上了新的征程。

一轮火红的夕阳为它们送行。

第七章　远征沙漠

在沙漠行走，远比想象的要艰难得多。

在沙漠边缘行走时，还感觉不出行走于沙漠和行走于草地有什么不同，沙漠边缘铺满了灰白的砾石，踩在上面只是觉得会硌疼爪掌而已。但一进入沙漠腹地，就越来越体会到跋涉的艰辛，细细的沙粒，松软而流动，虽然没有泥淖那么陷脚，但也是一步一个深深的脚窝，遇到上沙丘下沙坡，一脚踩下去，黄沙便淹没膝盖，要花点力气才能把爪掌从沙窝里拔出来，时间一长，便累得筋疲力尽。同样走一公里的路，走沙漠要比走草地多花三四倍的力气。顶要命的是，根本无法快速奔跑，只能一步一步地慢慢行走。

它们走了整整一夜，天亮时，举目望去，仍然是一片浩瀚的沙海，地平线上并没出现绿色。它们都是第一次走进沙漠，也不知道究竟走了多远，更不知道离想象中的绿洲还有多远。

太阳出来了，强烈的阳光刺花了眼睛，气温骤然升高，大头狮这才决定找个地方歇歇。

在沙漠上长途跋涉，只能是昼伏夜行。白天的沙漠在阳光的直射下，气温可高达七十多摄氏度，跟待在火炉里没多少差别，别说狮子了，就是以耐热著称的太阳鸟也会被烤焦的。

天上没有一丝云彩，地上没有一棵树，在沙漠里要找个能遮挡阳光的地方，简直比大海捞针还难。四只半大雄狮又翻过两座沙丘，才找到一块孤零零的岩石，岩石耸出地面约三四米高，在茫茫沙海中是唯一能荫庇它们，替它们遮挡阳光的地方。可惜，这块岩石既不够高也不够大，能遮阴的面积很有限，只容得下两只狮子。

大头狮绕到岩石背阴的地方，想了想，用爪子在岩石下的沙地里刨出一个一米多深的沙坑，就像睡上下铺一样，坑里躺两只狮子，坑外躺两只狮子，这样，它们四兄弟就都能躺在这片面积很小的阴影里了。

在太阳照射下的沙漠里，能躺在阴影下，相当于住进五星级宾馆了。

问题是谁睡在坑底，谁睡在坑上？大头狮当然愿意睡在坑底，坑底的温度绝对比地面要低一些，再说，睡在坑上的狮子，起码有半边身体捂住沙坑，睡在坑底的狮子就等于享受着双重阴影。假如它大头狮是传统意义上的狮群首领，是真正的狮王，想都不用想，说都不用说，跳进坑去，选个最佳位置躺下就是了，其他狮子绝对不敢吭气，有意见也只好闷在心里。哪个狮群掌权的大雄狮都有首选床位的特权，这样才能体现统治者的威势。

遗憾的是，它大头狮虽然是四只半大雄狮中的领头狮，却并非严格意义上的统治者，其他三只半大的雄狮也非逆来顺受的臣民，它和它们之间的关系是同患难的兄弟关系。这种关系不仅没油水可捞，反而还要倒贴一些东西，似乎只有吃苦的义务，而没有享受的权利，先天下之忧而忧，后天下之乐而乐！算啦，发牢骚也没用，就再做一次大公无私的傻子吧。大头狮讪讪地退后一步，先让老幺红飘带跳进沙坑去，红飘带不仅年岁小，身体也最弱，理应得到照顾。

沙坑里还有一个躺卧的位置，按理说，该让老三桃花眼睡，但没等桃花眼跳下去，刀疤脸抢先一步，一个挤对，把桃花眼从沙坑边挤开去，噗的一声跳下坑去，和红飘带并排躺在坑底。

刀疤脸从小就凶蛮不讲理，还在双色鬣狮群时，它就是刺儿头，常抢夺同龄伙伴的东西吃。有一次，一只名叫璐璐的小雌狮逮着一只松鼠，还没来得及吃一口，刀疤脸看见了，不由分说，冲过去一巴掌把璐璐打翻在地，将松鼠抢走了。可以这么说，刀疤脸天生就是个强盗胚子，为这，它没少受皮肉之苦，经常被双色鬣和独眼雄揍得死去活来，但它不思悔改，依然是这副德行。

桃花眼委屈地从喉咙里发出呜呜的低吼，大头狮也不满地翘起胡须，用眼睛盯着刀疤脸，但刀疤脸装作什么也没看见，什么也没听见，脑袋枕在臂弯里，闭起眼睛，呼呼，呼呼，快速"睡"着了。

这家伙，脸皮比木瓜树皮还厚！

已经被刀疤脸抢占了沙坑的位置，想要让它退出来，恐怕是不容易的了。为了一个睡觉的位置，打一架，似乎也不值得。没办法，桃花眼只好气鼓鼓地睡在沙坑上。大头狮也只好接受这个既成事实，和桃花眼并排而眠。

沙漠静悄悄，偶尔天空掠过几只飞鸟，洒下一串清脆的鸟鸣。不用担心其他狮群会来骚扰它们，安全得就像睡进了保险箱。半年多了，它们还是头一次那么清静那么踏实地进入梦乡。在沙漠跋涉了整整一夜，各个都累坏了，一放平就开始打呼噜，睡得好沉好香好甜啊！

大头狮正在做着一个好梦，梦见自己翻了一个身，刚巧翻进一个野猪窝，十几只黑黑胖胖的眼睛还没来得及睁开的猪崽子就像一盘精美的点心送到它的嘴边。它一口一只猪崽子，比豆腐还嫩，入口即化，满嘴溢香。它正吃得

　　高兴，冷不防太阳像只熟透的大金橘，从天空坠落下来，不偏不倚，刚好落到它的头上，鬃毛被点着了，嗞嗞嗞像荒草着了火似的燃烧起来，它一急，从梦中急醒。

　　当然，太阳不可能落到它的头上来的，但确确实实，头顶烫得像粘着了一片火焰，抬头一看，原来是太阳越升越高，快当顶了，岩石遮挡的阴影逐渐缩小，阳光逐渐移过来，已移到它的脑袋上了。

　　大头狮赶紧蜷起身体往岩石壁底紧了紧，好歹把灼热的阳光像脱帽子一样脱掉了。但还没等它再次入睡，那阳光又像蛇那样，悄悄地游过来，又落到它的唇吻上。它明白了，随着太阳当顶，那片珍贵的阴影终将被蚕食得无影无踪，要等很长一段时间，时过下午，岩石的另一个方向才会出现阴影。

　　它此刻已被讨厌的阳光挤得像蜥蜴似的贴在石壁上了，再也没有地方可退了。它不可能用枚钉子把太阳钉死不让它移动，太阳的运行规律是不以狮子的意志为转移的，也就是说，它不可避免地会被直射的阳光暴晒好几个小时，即使不晒成狮肉干，也难免被晒晕中暑，起码也会被晒脱一层皮的。

　　最让它心态不平衡的是，坑底下的刀疤脸和红飘带将把它和桃花眼当做遮阳伞。我们受罪，你们享福，天底下没这等便宜事！大头狮眉头一皱，计上心头，开始哼哼哈哈小声呻吟，音量逐渐放大，变成痛苦不堪的呜咽。桃花眼、刀疤脸和红飘带都被吵醒了，焦急地望着它，不明白是怎么回事，和它并排躺卧在一起的桃花眼还好心好意地舔舔它的额头，以示关怀。

大头狮哼得更凶了，这不过是铺垫，好戏还在后头哩。

这时，太阳又往头顶移了几寸，灼热的阳光烤到大头狮小半个身体了。突然，它就地打起滚来，口吐白沫，挣扎着想站起来，才站稳，又脑袋一歪，栽倒在地。它严重中暑了，危在旦夕。

刀疤脸在坑里躺不住了，跳出沙坑来，想看看大头狮究竟怎么了。

哦，沙坑里腾出了一个空位，这正是大头狮热切希望的。它又做出极其难受的样子，打了个滚，刚好滚进沙坑去。

刀疤脸怅然若失，想发作，似乎又有点不太妥当，生气地在沙坑上踱来踱去。

一只病狮，理应得到优待和照顾。

大头狮侧着脸，用感激的眼光凝望着刀疤脸，嘴角的白沫渐渐稀少，眼皮一眨一眨的似乎要昏昏入睡了。

刀疤脸没奈何，只好极不情愿地睡到坑上刚才大头狮躺卧的位置，用自己的身体为坑下的大头狮制造一道阴影。

大头狮很高兴，它略施小计，就免遭太阳暴晒之苦，更重要的是，可以舒舒服服地在阴影里养精蓄锐。

谁也不知道前头的路还有多长，保存体力，尽量让体内的水分少消耗些，少蒸发些，才有可能活着走出沙漠。

太阳偏西时，岩石的另一面终于出现了阴影，备受煎熬的刀疤脸和桃花眼才算从火焰似的阳光下解脱出来。大头狮看见，刀疤脸和桃花眼用舌头去舔背部的毛。就像被开水烫过似的，背上的毛一绺一绺往下掉，露出一块块被太阳烤得通红的狮皮，像患了荨麻疹一样，难看死了，疼得它俩咝咝倒抽冷气。

大头狮暗自庆幸，还好自己聪明，想了个妙点子，让刀疤脸代替它被太阳暴晒，不然的话，它就要受这份活罪了。

太阳坐在地平线上，气温降下来了。大头狮从沙坑里爬了出来，它的中暑当然是不治而愈了。它伸了个懒腰，催促三个兄弟即刻赶路。

刀疤脸和桃花眼张着嘴，哼哼喘着气，东张西望，在寻找着什么。大头狮知道，它们渴坏了，在找水。

水，沙漠里最珍贵的就是水。如果这里有水的话，也就不叫沙漠了。走吧，别枉费心机了，你就是挖地三尺，也找不到一滴水的。只有咬紧牙关，赶快赶路，争取明天太阳炙烤大地前走出沙漠，才有可能喝到水。

四只半大的雄狮耷拉着脑袋，艰难地在沙漠上跋涉。

　　地平线上的太阳在一点一点往下沉，它们是顶着夕阳在走，走着走着，大头狮发现地平线上的大半只太阳怎么跟往常不一样了。

　　往常这个时候，太阳红得就像一只用胭脂搓成的球，两边的白云被照得透亮，连地平线都像是用玫瑰色的彩笔画出来的；但此刻的太阳，却红得有点发黑，就像一只霉烂的苹果，两边的云彩也乌青乌青的，翻滚蠕动，就像一群刚从泥洞里爬出来的寄居蟹。这怕不是什么好兆头哩，大头狮想。

　　果然，一阵隆隆的喧嚣声由远而近，连大地都被震撼了，微微颤抖。如果是雷声，那倒是福音了，下一场雨，解决了干渴的问题，可惜，这不像是雷声，也不像是地震。大头狮从没听到过这种声音，沉闷而热烈，狂躁而轻浮，有一种排山倒海的气势，令狮们心惊胆战。

　　又过了一会儿，天突然间黑了下来，绝不是太阳掉进地平线后的自然天黑，也不是乌云蔽日的阴暗，而是远方的天空像被厚厚的尘埃遮挡住了，太阳愈发黑，变成了一只大黑球。

　　大头狮正在纳闷，风乍起，宁静的沙漠突然间变成了狰狞的怪兽，沙粒变成无数活泼的小精灵，随风起舞，上蹿下跳；风越刮越紧，黄沙被一层层吹起，整个沙漠变成喧闹疯狂的舞厅，每一粒黄沙就像是被注射了兴奋剂的丧

失了理智的舞客，旋转蹦跳，激情澎湃。四只半大的雄狮睁不开眼，也迈不开步，连呼吸都很困难，窒息般地难受。

它们命运多舛，遇上了罕见的热带沙暴。

刚开始时，它们虽然睁不开眼，呼吸也困难，但好歹还能站稳。不一会儿，风不再是斜斜地刮过来，而成了巨大的旋风，沙漠中出现了一个个旋涡，流沙汹涌，沙丘像波浪似的沉浮变幻，迅速移动。它们无法站稳，被流沙冲得东倒西歪，又被风刮得左右飘摇，各个都觉得身体突然变轻了，一会儿被旋风卷进沙的旋涡，身不由己地跟着转动，转得眼冒金星，分不清东南西北；一会儿又被流沙冲出老远，遮天蔽日的黄沙劈头盖脸地压下来，只有拼命挣扎，才能从沙堆里钻出来。

大头狮本来是站在一个沙丘上的，不料狂暴的旋风就像镰刀割草似的，把它足底下一个偌大的沙丘连根割掉了，它像坐升降机似的降到洼地。它还算幸运的，受了点惊吓而已，没伤着筋骨。和它并排站立在一起的红飘带却闪了个趔趄，被一股狂飙吹得从沙丘上滚下去，没等爬起来，流沙就从四面八方灌下来，最后沙窝里只露出一只脑袋和一条脊梁。

大概是意识到自己正在遭受灭顶之灾，红飘带心慌意乱，乱刨乱抓，岂不料松软的沙窝被越刨越深，身体像陷进沼泽泥潭似的越来越往下沉，不一会儿，就只剩唇吻和尾尖露在外面了。

啾——啾——尖啸的风中传来红飘带绝望的呼救。大头狮赶紧顺着风连滚带爬地赶过去，衔住红飘带的尾巴，使劲往外拽，但在猛烈的沙暴下，狮子的力量变得十分有限，不仅没把红飘带拽出来，反而自己也陷进了沙窝。活埋双狮，这也太委屈了点。它扯起喉咙拼命叫唤，刀疤脸和桃花眼艰难地靠拢来，桃花眼衔住红飘带的耳朵，刀疤脸在一侧刨沙子，三只半大的雄狮齐心协力，费了九牛二虎之力，才拔萝卜似的把红飘带从沙窝里拔了出来。

狂风还在咆哮，黄沙还在像妖魔似的舞兮蹈兮。大头狮望着站立不稳的三个兄弟，心想，这沙暴倘若再继续刮下去，它们很快就会筋疲力尽，一个个都会被吹倒，被卷进沙窝，被流沙掩埋的。必须想个办法躲避这沙暴的侵袭，起码也要避免被活埋掉的悲剧。沙尘漫天飞扬，要临时找个避风的地方是不可能的了，那么只有……只有四只半大的雄狮扭成一团，才有可能不被狂风刮倒。

一棵小树容易被风折断，几棵小树纠缠在一起，就能抵挡肆虐的风，这和它们四兄弟扭成一团的道理是一样的。一只狮子会被沙暴刮得东倒西歪，四只狮子合拢成一个整体，分量加重了，力量加强了，也许就能死里逃生。不管怎么说，在没想出其他更好的法子前，这个办法值得试一试。

大头狮当机立断，用嘶哑的嗓音发出连续的吼叫，把刀疤脸、桃花眼和红飘带唤到自己身边，四只狮子你搂着我，我搂着你，抱成一团，滚到一堆。这办法还真灵，刚才分散开时，各个都被风吹得轻飘飘的；聚成一堆，犹如一座生了根的小山，狂风再也撼不动它们了。能吞噬一切的流沙在四只抱成一团的雄狮面前也无力再施展淫威，当黄沙一层一层降落下来，快把它们淹没时，它们你挽着我，我挽着你，齐心协力，挪个窝，便又将身体从沙窝里冒了出来。

这是生死相依的搂抱，你离不开我，我也离不开你，团结一心，共渡难关。

热带沙暴多半都是急性子，来得快，去得也快。太阳沉下地平线后，风势便渐渐减弱，又过了一会儿，狂风停歇，沙漠又恢复了往昔的宁静与安详。银盘似的月亮升上天空，万里无云，沙漠像铺了一层厚厚的水银，白晃晃、亮闪闪。

四只半大的雄狮有气无力地从沙窝里爬出来，抖一抖身体，每只狮子的毛丛里起码抖出了十几斤沙子；鼻孔和嘴腔里也都塞满了沙子，阿嚏阿嚏地打喷嚏，噗噗噗地使劲吐沙子。吐着吐着，红飘带喉咙里像有沙子在摩擦似的嚓啦啦响，长长的舌头伸出嘴外，还举起一只爪子要伸进嘴里去，想要从喉咙里把沙子掏出来，痛苦万分；那根伸出嘴外的长长的舌头，已没有湿润的唾液，干燥得就像一块被太阳暴晒了一百年的树皮。

大头狮、刀疤脸和桃花眼的情况也跟红飘带差不多，舌头因干燥而僵硬，都无法伸出嘴外舔洗沾在胡须上的沙粒了。

红飘带大概实在太难受了，张嘴吼了一声，啾——，吐出一口沙子和鲜血混合的液体。

再看彼此身上的毛，都像被火焰烫过似的，毛尖卷缩，斑驳杂乱。

热带沙暴与太平洋沿岸的台风和欧亚大陆的龙卷风相比，有个显著的不同，那就是干。台风和龙卷风，或者与暴雨同行，或者风中蓄满了潮气，水分充沛，一片湿润；热带沙暴，犹如烤箱里爆出来的一团尚未熄灭的炭火，不仅拧不出一丝水汽来，还像个特别贪婪的榨取水分的妖魔，不是吸血鬼，而是吸水鬼，把空气中本来就极少的一点湿润也吸得干干净净，在沙漠里头，吸水鬼比吸血鬼要厉害多了。

在热带沙暴中，风并不会带来丝毫凉爽，恰恰相反，燠热干燥的风就是吸水鬼的舌头，或者说是吸水鬼的大功率的吸盘，把每一个生命体内的水分都抽干吸尽。

此时，四只半大的雄狮萎蔫憔悴，就像是被吸水鬼榨干了的渣渣。

刚才由于在和沙暴激烈搏斗，它们对死亡的恐惧压抑了口渴的感觉，现在沙暴停歇，沙漠恢复了宁静，死神已经离去，口渴的感觉便强烈起来。用口干舌燥、渴得嗓子冒烟、渴得噪音嘶哑、渴得嘴唇焦裂等等词语来形容此时此刻四只半大雄狮的干渴，不仅落套，还远不能胜任。它们已不单单感觉到嘴唇干、舌头干、喉咙干，而是浑身的每一个毛孔，都变成了有感觉的小嘴巴，拼命张大着，渴望能喝到水；全身的每一个细胞，都像搁浅的鱼，巴望着救命的水；连表层的皮肤，也像久旱的龟裂的土地，干燥得撕裂开了。

狮子不是骆驼，骆驼的眼睛有双重睫毛，耳、鼻都能紧闭以遮挡风沙，大而厚的肉蹄适于在沙漠中行走，胃内有很多贮存水的水脬。驼峰贮存的脂肪占全身的五分之一，在找不到食物和水的情况下，可以动用贮存的脂肪和水维持生命。

据观察，骆驼可以持续不饮水而生存二十一天，并且还走上几百公里路，其奥妙是有极经济的耗水办法：骆驼的排尿量少，一天最多只排一升左右；出汗也很少；鼻腔还有吸收呼吸气体中的水分的功能。骆驼甚至在丧失肌体含水量的四分之一时，仍能保持正常的血液量和血液浓度而不会死亡。一旦遇到水源，骆驼能在十分钟内一口气喝下九十五升的水，因此，骆驼素来有沙漠之舟的美称。

狮子在忍饥耐渴方面的本领，比骆驼差远了，就那么一个胃，既没有蓄水的水脖，也没有把脂肪作为战备物资储存起来的功能，一饿就要吃，一渴就要喝，一动就要出汗，一急就要撒尿。这种生理机能当然不适合在沙漠长途跋涉。

四只半大的雄狮因临走进沙漠前，饱餐了一顿蓝牛羚肉，虽然也饿，倒还没饿得翻江倒海、要死要活，但干渴的感觉已到了极限。

干渴比饥饿更难受，神经因为缺少水的滋润，失去了弹性和韧性，变得松弛焦脆，似乎轻轻一碰就会断裂；眼睛因缺少水的润滑，干涩难睁，瞳人上似乎还蒙了一层干结的白翳，世界变得一片模糊；血液因缺少水的必要稀释，浓度加高，流速减慢，处于半凝固状态；肌肉因缺少水的滋养，像枯萎的花，软绵绵地丧失了力量；骨骼因缺少水的浸泡，关节艰涩，整个身架像忘了上油的机器，举手投足都生了锈似的困难；脑袋因缺少水的调和，脑浆好像僵化成一块石头，感情不再流动，连思维也凝滞了。

红飘带转身要走，显然，它无法再忍受沙漠旅途的磨难，它想打道回府，折回罗利安大草原去。起码，那里有水，不会渴死。

计划流产、理想夭折，开拓新的生存空间的努力半途而废，这怎么行呢？再说，它们已渴成这个样子，是不可能再坚持在沙漠里跋涉一天半的路程，回到罗利安大草原去的，往回走到一半，它们就会因过度干渴而脱水致死，倒毙在沙漠中，若干年后，变成四具木乃伊。

开弓没有回头箭，好马不吃回头草。狮子当然不懂这些豪言壮语，但有一点大头狮是知道的，它们从沼泽一路走过来，沿途没有水，走回头路绝对是条死路。现在，只有硬着头皮往前走，兴许还能闯出一条生路来。它赶紧跑到红飘带前面，用脑袋抵住红飘带的下巴颏儿，强迫红飘带改变方向，朝既定目标走。

红飘带倒是听话，一劝就劝回头了，但走到启明星升起来时，便因极度干渴而浑身乏力，变走为爬，又往前爬了一段，连爬也爬不动了，虚软得瘫倒在地。大头狮明白，红飘带是得了"沙漠干渴综合症"，若再喝不到水，很快就会休克的。刀疤脸、桃花眼和它自己的情况虽然比红飘带稍好些，但也不同程度地出现了"沙漠干渴综合症"的早期症状，很快也会倒下来。

水，生命的载体，生命的暖床，生命不可或缺的最重要因素。

茫茫沙漠，哪儿有水？哪儿才能找到水？

大头狮急得团团转。突然，它看见桃花眼四肢伸开，臀部微微下沉，尾巴卷向右侧，摆出了猫科动物典型的撒尿姿势。它灵机一动，脑子里闪出一个新奇的念头：用尿来解渴！它想，尿虽然不是水，但是尿是由水变成的，尿和水都是液体，也许能救救急呢。

母狮在幼狮刚生下来的一段时间里，为了刺激幼狮能正常小便，也为了保持窝的清洁，会用舌头去舔幼狮的屁股，把幼狮的尿一滴不漏地吃进去。

现在，大头狮不等桃花眼把尿撒出来，便抢先一步，用嘴兜着尿管喝起来。这很不文明，也不雅观，但狮子不可能使用器皿将尿盛好然后慢慢啜饮，只有用最原始的办法喝尿解渴。

大头狮喝了两口尿，虽然味道不佳，又苦又涩，又腥又臭，但到底是液体，能润滑干燥的嘴唇、舌头和喉咙，难以忍受的干渴的感觉便缓解了许多，精神稍稍振奋了一些，头脑稍稍清醒了些，似乎还生出些力气来了。可惜，桃花眼体内的水分消耗得差不多了，尿液少得可怜，才喝了两口，便断了线。

大头狮开了个头，刀疤脸和桃花眼立刻仿效，你喝我的尿，我喝它的尿，彼此用尿解渴。大头狮则将自己的尿灌进红飘带的嘴，过了一会儿，红飘带就又能站起来行走了。

大头狮知道，光凭两口尿，它们是维持不了多长时间的，天不亮，"沙漠干渴综合症"将再度袭来，而它们是不可能再次用尿来互相解渴了。它们这是在沙漠中的第一次撒尿，也是最后一次撒尿，就像干透的海绵怎么拧也拧不出水来一样，它们的身体也因缺乏原料而造不出尿来了。

老天保佑，让它们能活着走出巴逊亚沙漠。

第八章　鏖战黑犀牛

　　一缕水的清香，随着微风送进四只半大雄狮的鼻孔。就像垂危的病人被注射了强心针，它们昏沉沉的脑袋突然清醒了，黯然失色的眼睛放电似的倏然发亮，虚软的腿也突然间灌进了力量。它们使劲耸动鼻翼，向着水汽袭来的方向快速冲刺。

　　水的巨大的诱惑，使它们兴奋得忘乎所以。

　　奔上一座风化的小石山，又拐了个弯，便望见山坡下有几丛蒿草，一块巨大的黑色的岩石旁，有一个盆状的洼地，蓄着一塘水，面积很小，大概只有两只秃鹫窝那么大，但足够它们四兄弟喝个饱了。水面银波闪闪，不时有淘气的小昆虫在池塘上空飞掠而过。

　　水呀，纯洁的水！水呀，救命的水！

　　大头狮兴奋地吼叫一声，带头向小池塘冲去。刀疤脸、桃花眼和红飘带紧跟其后，也争先恐后地从小石山往下冲。

突然，大头狮像见着了鬼似的哀号一声，前肢一挺，来了个紧急刹车。它看见，小池塘边那块巨大的黑色的岩石，活了起来，缓慢地动弹，缓慢地升高，竖起一张丑陋的黑脸，老天爷，竟然是一头黑犀牛！

刀疤脸、桃花眼和红飘带也都跟着停了下来，呜噜呜噜，发出呻吟般的叹息。

犀牛是一种由貘演化而来的巨兽，体形之大仅次于非洲象，在陆上动物中排行第二。世界上现存五种犀牛：印度犀牛、爪哇犀牛、苏门答腊犀牛、非洲白犀牛和非洲黑犀牛。此刻待在小池塘边的是非洲双角黑犀牛。

大头狮望见黑犀牛的第一个反应，就是希望黑犀牛同它们一样，也是一个过路客，此刻已喝饱了水，很快会离开小池塘。但四只半大的雄狮从夕阳西下一直等到月亮升起，黑犀牛静静地待在小池塘边，根本就没有要离开的意思。

谁也搞不清这头黑犀牛怎么会来到巴逊亚沙漠的腹地，也许，它也是一个在生活中饱受倾轧的倒霉蛋，企图横穿沙漠逃避现实寻找世外桃源，在快要渴死时，侥幸遇到了这罕见的水源，就以此为家，住了下来。

犀牛比起狮子来，耐渴的能力更差，更离不开水。

黑犀牛肯定听到了异常的动静，知道有动物来到了附近，它瞪起一双茫然的小眼睛，翘起脸上那两支长长的犀角，不时发出一声如闷雷般的吼叫，呜嗡——仿佛在说，别想来打这池塘的主意，这池塘就是我的生命，只要我还有一口气，谁也休想偷到一口水喝！

这样僵持下去，不是个办法，黑犀牛一张嘴就能喝到水，再待个十天半月的也不会有什么问题，而四只半大的雄狮已渴到了极限，等不到天明，恐怕就会渴死的。大头狮用干燥的舌头舔舔龟裂的嘴唇，意识到再这样无所作为地等下去，会越等越糟糕，看来，必须采取行动了。

大头狮首先想到的是用调虎离山计把黑犀牛调离小池塘。黑犀牛虽然身体庞大，奔跑的速度也很快，每小时可达五十公里，但视力很弱，白天看七米以外的东西就会觉得模糊，是动物界有名的近视眼，现在是夜晚，月光下，视力就更不行了。它前去骚扰，前去挑衅，惹恼这又胖又丑的黑家伙，逗引黑犀牛来追逐。只要黑犀牛一离开小池塘，刀疤脸、桃花眼和红飘带就可以趁机去喝水，只要几分钟的时间，它们就能把肚皮喝饱，然后其中的一只再来替换它。

调虎离山，调犀离水？这主意不赖，不必大动干戈，不必流血恶斗，就能喝到水，何乐而不为？

大头狮溜下小石山，先观察好逃跑的路线，然后慢慢朝黑犀牛靠近。离黑犀牛还有五六十米远，大头狮就凶猛地吼叫起来。嗷嗷——嗷嗷——在寂静的夜晚，狮吼声像拍岸惊涛落地滚雷，震得小石山上的流沙像瀑布似的往下淌。

黑犀牛像睡着了似的纹丝不动。

大头狮大着胆子，走到离黑犀牛约七米的地方，磨牙砺爪，做出一副跃跃欲扑的样子。这个距离，刚好是黑犀牛视力所及的范围。黑犀牛看见它了，昂起头，颤动身体。这是一种举步追击的讯号。大头狮立刻扭身窜逃，可逃出几十米后，身后好像没有什么动静，回头一看，黑犀牛根本就没有朝它追来，相反，黑犀牛走了几步，哗啦泡进小池塘里，就像相扑运动员塞进了婴儿澡盆，把小池塘塞得满满的。水面上，只露出两支尖尖长长的犀牛角，不停地朝大头狮晃动，带着某种嘲讽意味，似乎在说：要我离开池塘，别痴心妄想了，我是不会上你们的当的。

大头狮无计可施，悻悻地退回小石山上。

狮子不敢招惹犀牛。犀牛虽说是一种食草动物，但体形庞大、性格暴烈，连非洲象遇见了都要退避三舍。犀牛力大无穷，犀牛皮比象皮还厚，足足有两三厘米，日光下一晒，会变得像石头般坚硬，是制造盔甲最理想的材料，体格最强壮的雄狮，也无法在短时间内将犀牛皮撕咬开。犀牛的脖子尤其粗壮，皮厚肉厚，褶皱纵横，再有经验、牙齿再锋利的雄狮，也休想将犀牛的脖子拧断。因此，有草原之王美称的狮群见到犀牛后，总是主动让路，尽量避免发生冲突。

红飘带用一种绝望的表情望着败退回来的大头狮，张嘴想吼，却没能吼出声音来，而是吐出一些干燥的黄沙，吐出半口鲜血，身体一软，两眼一黑，晕倒在山坡上了。它年岁最小，身体也最弱，刚才见到了水，过度兴奋，耗尽了体力，"沙漠干渴综合症"再次发作了。

大头狮脸色异常严峻，它明白，要想活着走出沙漠，要想不被"沙漠干渴综合症"褫夺生命，只有一条路，就是冲下山去，喝小池塘里的水。不然的话，要不了多长时间，它、刀疤脸和桃花眼都会步红飘带的后尘，晕倒在小石山上的。

渴死在水波粼粼的池塘边，也未免太不划算了。

要么渴死，要么与黑犀牛拼个你死我活，它们没有第三种选择，那么，就鼓起勇气去拼一场吧，说不定还能拼出一线生机呢。

大头狮是头善于动脑筋的狮子，它站在山坡上，掂量着彼此的实力。刚才它走到离黑犀牛约七米远的地方，把黑犀牛看了个仔细：这是一头身长约六米的公犀牛，重量起码有四吨，一个超重量级对手；枫叶形的耳朵边缘，那一圈长长的耳毛呈金黄色，由此可以判断这是一头壮年期的犀牛；它吼叫恫吓，都未能让对方离开小池塘一步，足以证明这头犀牛智力出众，老奸巨猾，不易对付。

而自己这一边，虽然名义上有四只雄狮，但红飘带已因干渴而晕倒，实际上只有三只狮子可以参加战斗；它们都还没有成年，又缺乏与犀牛搏杀的经验，摸着石头过河，无法预料风险究竟有多大；它们在沙漠长途跋涉，又累又渴，体力已十分虚弱。这是一场没有取胜把握的战斗，又是一场性命攸关的无法回避的战斗。

大头狮思量着进攻方案。看来，计谋是用不上的，只有实打实地撕咬一场。它们唯一的优势，就是以众敌寡。三只狮子，一个从正面，一个从后面，一个从侧面，一窝蜂拥上去，才有可能使黑犀牛顾此失彼，陷入被动。问题是，谁来担任正面主攻手？犀牛虽然体形庞大，力大无穷，但不像长颈鹿或野马会尥蹶子，也不像狮子或豹子能用身体掀，能用尾巴像鞭子似的抽打，一句话，犀牛的背后和侧面没有什么战斗力。犀牛的威胁主要来自正面。

在一般人的印象里，黑犀牛长着两支长约六七十公分的角，威风凛凛，应该是对付来犯之敌的有效武器，其实不然，犀牛角和坚硬如铁的水牛角、斑羚角、梅花鹿角完全不同，是不能当利刃进行刺杀的。犀牛的角是由鼻子衍生出来的，或许称为大鼻子更为合适，其间鼻骨所占的比例很大，角内没有骨髓，别看形似尖刀，却像普通鼻子那样不顶用，不过是一种吸引异性的装饰品。犀牛真正的威胁在于那股巨大的冲击力，被它一撞，就是非洲象也会被撞趴在地上；另一个更大的威胁，是下颚那排尖利的犬牙。犀牛嘴腔的上颚没有牙齿，只有下颚有牙齿。犀牛在用嘴吻猛烈冲撞的同时，会张开巨口，像犁田一样，用下颚的犬牙在对手身上犁出一条又长又宽的致命的伤口。

但不可能不要主攻手，不可能不从正面扑咬，因为脑袋是犀牛身上唯一的致命部位。

大头狮把挑选的眼光投向红飘带，红飘带虽然已经苏醒，但垂着头，虚弱得像一条断了脊梁的癞皮狗；大头狮把挑选的眼光投向桃花眼，桃花眼那双美丽的眼睛死气沉沉，已差不多快要失去求生的意志了；大头狮把挑选的眼光投向刀疤脸，刀疤脸佯装没看见，避过它的目光，把头扭向一边。

每头狮子心里都清楚，谁担任正面主攻手，谁就等于前爪踏进了鬼门关。

大头狮知道，这正面主攻手的重任，非自己莫属。它是大哥，赴汤蹈火的事，它是责无旁贷的。罢罢罢，谁让它是四弟兄里的兄长呢？就好比小集团里的老大，关键时刻，它只有硬着头皮上了。

小心一些，谨慎一些，多留点神，多留个心眼，或许就不至于会让黑犀牛撞倒并咬伤。大头狮心里存着一丝侥幸，带着刀疤脸和桃花眼冲下小石山。

　　跟预想的一样，大头狮绕到黑犀牛正面，刀疤脸绕到黑犀牛背面，桃花眼待在黑犀牛左侧。黑犀牛从小池塘里爬出来，站在草丛里，昂头弓身，摆出一副殊死格斗状。

　　一个是要誓死捍卫水源，一个是要誓死夺取水源，一场流血的厮杀在所难免。

　　大头狮吼了一声，发出扑咬的讯号。三只半大的雄狮在同一时刻从三个方向蹿跳起来。

　　大头狮的两只前爪照准黑犀牛的两只眼珠子，血盆大口照准黑犀牛鼻端的两支角，希望能一下子抠瞎黑犀牛的眼睛，像拔牙似的拔掉黑犀牛的双角。它的前爪已经离地而起，突然，它看见，看上去又笨重又呆板的黑犀牛，灵巧地一扭脖子，将脑袋闪到一边，嘴吻哗地张开，下颚那排白森森的犬牙像一柄柄匕首那样亮出来，粗壮的脖子微微曲拧着，很明显，是在恭候它扑上去呢。它如果不改变姿势，按目前这个角度，双爪是难以扑准那对犀牛眼的，除了眼睛，狮爪落在皮囊厚韧的犀牛脸的任何部位，都只能是在给黑犀牛免费搔痒或按摩，更令人恼火的是，黑犀牛已有所准备，在它的双爪刚落在其脸上的一瞬间，粗壮的脖子会猛然拧挺，那尖利的犬牙会毫不留情地犁开它的喉咙。

　　它不能白白送死，它不能就这样草率地扑出去。

　　它的身体竖在空中，短暂地定格了。

　　从背后进攻的刀疤脸，整个身体已腾空而起，噬咬的目标，是那条又短又小的犀牛尾巴。

　　突然间，大头狮脑子里闪出一个灵感：要是自己在这节骨眼上改变姿势，不是照准黑犀牛这张丑陋的脸扑上去，而是扭身跳离，那么，当刀疤脸咬住犀牛尾巴后，黑犀牛肯定会转身去对付刀疤脸的。这么一来，刀疤脸就成了受威胁最大的正面主攻手，而它则金蝉脱壳，摆脱了危险。不不，这不行，这无疑是一种出卖，是一种背叛，是一种乱泼祸水，等于把刀疤脸往火坑里推。

　　如果现在在黑犀牛背后扑咬的不是同患难的兄弟刀疤脸，而是别的不相干的狮子，它会毫不犹豫地这样去做的。现在是刀疤脸在黑犀牛的背后，它能忍心这样做吗？这可不是在沙漠里争夺一片阴凉，不会造成大伤害；这是生与死的契机，是生与死的选择。在节骨眼上，对生死与共的兄弟做小动作，也未免太卑鄙太下流太无耻太没有道德了。罢罢罢，还是按预定方案闭着眼睛扑出去算啦。可是，两条后腿和腰肢，好像不听使唤了，扭着劲要想改变蹿跳的路线。

　　它不想死，虽然过的是苦涩的流浪日子，但它还想活下去。生命只有一次，死了再也不能复生。它不过是比刀疤脸、桃花眼和红飘带早出生几天，凭什么就要把生的希望让给它们，而把死亡留给自己呢？生命都是自私的，能活下去是最最重要的。现在的场面激烈而又混乱，没有谁会注意到它是否耍了什么小动作。它完全可以装作一脚踩滑的样子，闪了个趔趄，没能扑到位，退后两步再继续寻找扑咬机会，也是说得过去的嘛。再说，刀疤脸生性凶蛮，小时候就爱打架斗殴，在它们弟兄几个中，身手最为矫健，也许能成功地对付黑犀牛的。

想到这里，大头狮一扭腰肢，就地紧急旋转，打斜刺里蹿了出去。

同一个瞬间，刀疤脸一口咬住了那条犀牛尾巴。刀疤脸一定是用足了吃奶的力气，直咬得黑犀牛鼻吻皱成一团，两只眼睛瞪得溜圆，像要从眼眶里跳出来。

如果此时此刻，大头狮已从正面扑到黑犀牛的身上，黑犀牛是无法转身去对付刀疤脸的；如果大头狮不跳到旁边去，还在黑犀牛脑袋前张牙舞爪，黑犀牛也只好忍着尾巴被噬咬的痛苦，不敢去解除来自身后的袭击。

大头狮嗖地打斜刺里蹿出格斗圈，黑犀牛觉得正面的威胁暂时消除了，刷的一个急转身，庞大的躯体陀螺似的转得敏捷而利索。由于刀疤脸咬得紧咬得重，由于黑犀牛转身的速度太快太猛，嘣的一声，那条犀牛尾巴齐根儿被咬断了。

刀疤脸叼着那条还在活蹦乱跳的尾巴正得意呢，冷不防一股腥臭的气流直喷脸上，像变魔术一样，面前圆滚如鼓的犀牛屁股刹那间变成了怒气冲冲的犀牛头。断尾的耻辱和痛苦，简直要让黑犀牛发疯了，它撅着下颚的犬齿，闪电般地朝刀疤脸冲撞过来。刀疤脸扭身想逃，已经晚了，咚的一声，像被一座移动的小山在肩胛上推了一把，骨碌骨碌身体像皮球似的滚了出去。

可恶的黑犀牛，追过去，就像铲球一样，用下颚的犬牙猛铲刀疤脸。

大头狮兜了个小圈子，赶了回来，和桃花眼一起，跳到黑犀牛背上，撕咬吼叫。但犀牛的皮囊太厚，又刚从池塘里爬上来，身上涂了一层滑溜溜的泥水，它们扑上去，黑犀牛稍一颠动，狮爪就打滑，就从犀牛背上滑落下来。即使好不容易在犀牛背上扑稳了，也好像樱桃小嘴对着一只还没剖开的大西瓜，撕，撕不破；咬，咬不动。

也许是因为它们的扑咬对黑犀牛未造成实质性的伤害，也许是黑犀牛执意要报断尾之仇，也许这头黑犀牛懂得伤其十指不如断其一指的道理，认为只有彻底解决了咬断它尾巴的那只狮子，才能吓退其他两只狮子，黑犀牛对屡次跳到它身上来的大头狮和桃花眼弃之不顾，专心致志地对付刀疤脸。刷！下颚尖利的犬牙又一次把刀疤脸铲倒在地，并把刀疤脸的一只耳朵连同半圈颈皮犁开并翻卷过来。

刀疤脸呜咽着，挣扎着，竭力想站起来，可没等它站稳，黑犀牛又颠颠地冲上去。如果这一次再让黑犀牛下颚那排结实的犬牙在刀疤脸的脑袋或脖颈上犁一口，刀疤脸绝对是脑袋开花，一命呜呼。

望着鲜血淋漓的刀疤脸，大头狮心里油然升起一股内疚感。要不是它在节骨眼上从黑犀牛面前打斜刺里逃窜，刀疤脸绝不会受这么大的伤的，是它害了刀疤脸。但事情到了这个地步，想挽回也已经迟了。

刀疤脸脖颈、肩胛和胸部被黑犀牛钉耙似的锋利的犬牙犁得皮开肉绽，腰似乎也被撞断了，即使侥幸不马上被黑犀牛犁死，也绝对无法活着走出巴逊亚沙漠的。让大头狮失望的是，几个回合下来，刀疤脸一直处在被动挨打的地位，甚至没能有效地还过一次手。刀疤脸假如就这样让黑犀牛给收拾了，那是白白送死。黑犀牛仅仅断了一条尾巴，元气未损，仍然可以转过头来继续与它和桃花眼鏖战，它们还要继续付出血的代价。

噭——呜嗷哦噢喔——大头狮朝刀疤脸发出一串埋怨与责问式的吼叫。

噭——呜嗷哦噢喔——桃花眼朝刀疤脸发出一串鼓励与鞭策式的吼叫。

刀疤脸摇摇欲坠地站在一蓬蒿草边，听到了大头狮和桃花眼的呼叫。它同时还听到了滴答滴答雨打芭蕉般的声响。脖颈那儿好像格外凉快，它举起一只前爪抹了一下，湿漉漉，滑腻腻，热乎乎，一股刺鼻的血腥味直冲鼻孔。

它顿时醒悟过来，自己已受了致命的重伤。

黑犀牛又撅着犀利的犬牙，像座小山似的冲撞过来。刀疤脸想避让，但腰肢不听使唤，脚掌像生了根一样，用足了力气，才挪动小半步。

黑犀牛仿佛也知道它快不行了，那双混浊的小眼珠里闪动着刻毒的嘲笑，好像在对它说：你已经死定了，你已经是活靶子了，嘿，你咬断了我的尾巴，我要铲断你的脖子！

一股热血冲上了刀疤脸的脑门。你这是欺狮太甚，你这是门缝里看狮子，把狮子看扁了。它虽然还没有完全成年，但脖颈上已经长出了猎猎鬣毛，是顶天立地的雄狮！

狗被逼急了还要跳墙呢，兔子被逼急了还会反咬一口呢，更何况一只雄狮？它从小就是一只有血性的狮子，在狮群里，谁惹着它一下，它一定要打一还十，绝不肯吃亏的。

记得有一次它与老母狮阿丹莱争抢一只鸵鸟蛋，阿丹莱扇了它一巴掌，当时它才一岁半，身体只及阿丹莱的一半大，可它毫无惧色地叫着骂着扑上去与阿丹莱厮打。阿丹莱一失手，把它的脸抓破了，血滴滴答答流淌。其他年龄与它相仿的小狮子在一旁看得心惊胆战，换了任何一只小狮子，都会哀号着逃回母狮身边，可它一甩脑壳，嗷嗷叫着，发疯般地抱住阿丹莱的一只后腿啃咬。阿丹莱害怕了，终于扔下鸵鸟蛋逃走了。

它天生就是个不怕死的，就是拼命三郎投的胎！横竖一条命，谁怕谁呀！

身上的伤口，汩汩流淌的血，非但没能把它吓倒，还扇起了它复仇的火焰。

当黑犀牛像座小山似的朝它冲过来时，它没有躲闪，反而站起来，迎面扑上去。它两只遒劲的狮爪闪电般地出击，尖利的指爪像钉子一样深深钉进黑犀牛的眼窝；它那张血盆大口，一口咬住那两支犀牛角。

黑犀牛下颚那排锋利的犬牙，刷！在它的腹部犁出了一条长长的血口。老子热得难受，正想凉快凉快呢。它的指爪在黑犀牛的眼窝里搅动，这叫以爪还牙，以血还血！黑犀牛哀号着，拼命甩动脖子，拼命颠动身体，想把它从身上颠下来。它咬紧牙关，强有力的颌骨死死拧着犀牛角，任凭黑犀牛怎么颠跳，就是不下来。

它比长有吸盘的蚂蟥还叮得牢。

黑犀牛用脑袋举着它，向小石山的岩壁奔去。

很显然，疼痛难忍的黑犀牛要用撞岩的办法，把叮在它脸上的狮子撞下来。

大头狮吼叫一声，飞快地蹿上去，一口叼住黑犀牛的一条后腿；桃花眼也照葫芦画瓢，蹿上来，叼住黑犀牛的另一条后腿。它们无法咬断和象腿一般粗的犀牛腿，它们像拔河比赛似的，狮爪抠住地面上的草根和砾石，衔住犀牛腿拼命往后拽，企图阻止黑犀牛奔往小石山。遗憾的是，黑犀牛力拔山兮气盖世，拼上老命了，力气大得超出它们的想象，前面顶着一只半大雄狮，后面拖着两只半大的雄狮，仍能一步一步迈向小石山。

咚，刀疤脸的背重重地撞在岩壁上，同时，黑犀牛下颚的犬牙，在它的小腹又深深地犁了一下。

刀疤脸眼冒金星，胸口发闷，反胃恶心，张嘴想呕吐。可它明白，只要自己一松嘴，黑犀牛就会把它甩到地上，用牙犁，用脚踩，用头拱，它就输定了，再没有赢的可能。它不能输，死也不能认输。它不能给雄狮丢脸。它豁出命来也要让丑陋的黑犀牛明白，雄狮不是羊羔，不会束手待毙的！

咚，黑犀牛退后两步，挺着脖子，更猛烈地撞向岩壁。咔，传来骨头折断的可怕声响，刀疤脸只觉得身体要散架了，好像有什么东西从身体里飞了出去，身体变得像云絮般轻飘飘，火烧火燎般的疼痛感觉奇怪地消逝了，眼皮发黏，特别想睡觉。它不再去想自己能否赢得这场搏杀，它也不再去想自己脸上那道伤疤的来历，它把所有的意念、所有的力量、所有的生命，都集中在两只前爪和那副牙齿上，死死抠住黑犀牛的眼窝，死死咬住用鼻骨构成的那两支犀牛角。

咚咚咚咚，刀疤脸的骨头在断裂，身体在卸开，血肉在横飞，但它仍抠住黑犀牛的眼窝，咬住黑犀牛的鼻角……

黑犀牛的吼声越来越哀，越来越低，越来越悲，撞岩的气势也越来越弱，撞击的频率也越来越慢，终于，四腿一软，像山崩一样，轰隆一声栽倒在地。

大头狮和桃花眼跑过去一看，黑犀牛的两只眼窝被抠得稀巴烂，鼻角被拔牙似的拔掉了，嘴角涌着血沫，已经奄奄一息了。刀疤脸整个身体都被撞碎了，肢体七零八碎；那只狮子头，仍威风凛凛地压在黑犀牛的脑袋上，金色的鬣毛随风飘扬；两只眼睛流光溢彩，凝视着瓦蓝色的夜空。

大头狮从喉咙深处发出两声呜咽，伸出爪子轻轻地摇动刀疤脸的身体：

——唔，恶霸黑犀牛已经像中了雷击的大树一样被你扑倒了，松松你的爪，松松你的牙，黑犀牛再也站不起来啦。

就像被一把无形的锁锁死了一样，刀疤脸紧粘在黑犀牛身上，怎么也分不开。

大头狮放弃了这徒劳的努力。也许，就让刀疤脸保持着这个姿势为好。这是雄狮的姿势、胜利者的姿势。

它们来到小池塘边，用舌头贪婪地卷食着水。水质极好，甜津津，凉爽爽。喝饱后，大头狮衔起一口水，登上小石山，喷吐在红飘带的脸上。就像甘霖洒在久旱的枯萎的禾苗上，处在眩晕状态中的红飘带很快苏醒了过来。

喝足了水后，三只半大的雄狮齐心协力，撕开了黑犀牛的一条大腿，吃了个饱。沙漠危机终于过去了，它们得救了。

生活很严酷，为了生存，需要奋斗，而奋斗就会有牺牲。一个生命倒下去了，三个生命得以继续生存，这也许不算是太亏本的买卖。

第九章　交火"白猩猩"

　　走出巴逊亚沙漠，就是名叫娜宛婀尔巴的地方。娜宛婀尔巴是当地的土话，意译为天使牧场。

　　三只半大的雄狮，简直不相信自己的眼睛，世界上还有这么一块美丽、宁静、和平、富饶、丰腴的土地。树林里鸟雀啁啾，田野上稻浪翻滚，天际边河流纵横，永远也不用担心干旱缺水。广袤的草原上，牛羊成群，还有胖得路都快走不动了的肥猪。

　　在刚踏上这块绿洲的时候，它们还担心会碰到别的狮群，可它们在草原和田野兜了一大圈，不但没见到其他狮子的影子，连狮子的粪便也找不到。它们惊喜得简直要发狂了。这里有取之不尽的食物，有用之不竭的水源，却没有任何竞争对手，就像理想中的世外桃源，真是太不可思议了。

食物多得根本不用费心去寻觅，随便走到哪里，都能望见成群结队的牛羊和猪。它们不像罗利安大草原里的角马或野牛，闻到狮子的气味就会撒腿逃命，这里的牛羊和猪好像还不认识狮子，好像从来没有见过狮子，看到狮子朝它们逼近，瞪起一双惊讶的眼睛，傻呆呆地站着不动，直到三只半大的雄狮发力冲刺，张牙舞爪地扑将上来，这才扭头奔逃。它们的奔跑速度比起罗利安大草原的角马或野牛来，慢得就像在散步，不费吹灰之力就能追上。一眨眼的工夫，三只半大的雄狮就扑倒了一头肥猪，细皮嫩肉的，狮子们吃得满嘴流油。

桃花眼和红飘带兴奋地舔着大头狮的脚趾，以示感激。要是没有大头狮出众的智慧和胆略，带领它们穿越巴逊亚沙漠，它们至今还生活在拥挤的罗利安大草原，忍受着被其他狮群追逐驱赶的耻辱，忍饥挨饿、到处漂泊、孤苦伶仃，活得比耗子还可怜。大头狮扬扬得意地躺卧在草丛中，心安理得地接受桃花眼和红飘带对它的感恩戴德。

勇于开拓进取，才能赢得辉煌成就。

虽然说在穿越巴逊亚沙漠时，刀疤脸不幸丧生，但一只狮子的灾难换来三只狮子的幸福，还是挺值得的，可以说损失最小，收获最大。

过了冬天是春天，过了干季是雨季，走出沙漠是绿洲，熬过了痛苦就是欢乐。

　　它们在清澈的河流边找到一棵大青树，主干很矮，仅有一米高；枝丫粗壮，结成绿荫华盖的巨冠。树干上还有一条节疤和树瘤组合成的阶梯，便于上树下树，是狮子理想的栖息之地。它们把大青树当做自己的大本营。

　　困了就蹿上树去呼呼大睡，饿了就跑到河边去随便猎头牛捉只羊来饱餐一顿，日子过得比神仙还逍遥。没几天，三只半大的雄狮就养得膘肥体壮，狮毛油光水滑。桃花眼在穿越沙漠时脊背上被烈焰似的太阳晒脱了毛的皮肤也长出了绒毛，和穿越沙漠时相比，它简直是换了一个形象。

　　这天清晨，三兄弟饱啖了一顿牛犊肉，沿着河岸溯流而上，学着成年雄狮的样子，勘定疆域。

　　狮子是一种领地意识很强的动物，有了理想的家园，首先要做的事情，就是划定边界，以防同类来争抢。它们在独立的大树、裸露的岩石、河岸灌木丛上，或者涂抹自己的尿液和粪便，或者磨蹭下一些自己的体毛，留下特殊的气味，用狮子传统的方式划定边界。

　　整整忙了一天，它们终于大功告成，以那棵巨伞似的大青树为轴心，在方圆三十多公里的范围，布下了自己的气味标记。

　　夕阳西下，三只半大雄狮回到大青树下，虽然奔波了一天，十分疲惫，但心里却甜滋滋的。世界上再也找不到如此丰腴秀美的土地了，过它一辈子也不嫌多，当然要妥善看管，必要时还要誓死捍卫。有了自己的领地，有了取之不尽的食物，不愁不能吸引年轻的雌狮，它们将在这块土地上繁衍子孙，发展成独霸一方的强大的狮群。

小憩片刻，它们动身到河边去吃晚餐。

碧绿的草地上，有一头黄牛，毫无戒备地在河边喝水。大头狮带着桃花眼和红飘带，迈着悠闲的步伐，轻松愉快地朝黄牛摸去。它们在草丛里呈三角形散开，从东西南三个方向逼近黄牛。北面是河水，黄牛陷在包围圈里，无路可退。这好比瓮中捉鳖，三根指头捏田螺，万无一失。再有几分钟时间，这头黄牛就算活到了生命的尽头，成为它们三兄弟丰盛美味的晚餐。

这时，出现了一个小插曲。

就在三兄弟借着草丛的掩护向黄牛走去时，拨开茂密的草叶，突然，前方十几米远站立起一个人来。这是个白人，穿着一身白衣裤，提着钓竿，背着鱼篓，显然是垂钓归来，踏着晚霞准备回家去。

三只半大雄狮脑子里还没有"人"的概念，它们看到"人"后的第一印象是，这是一种类似猩猩的动物，外形和黄猩猩差不多，高矮和大猩猩基本一致，面孔和黑猩猩大同小异，也能像猩猩一样直立行走，不是猩猩是什么？让它们感到纳闷的是，他的皮肤那么白，除了头部外身上其他部位都见不到体毛，或许是白猩猩，也有可能是脱毛的裸猩猩。不管是什么东西，反正都构不成对雄狮的威胁。

　　这三只半大的雄狮从未领教过"人"的厉害，有由无知派生出来的无畏。

　　桃花眼离那位白人最近，忍不住张嘴想吼举爪想扑。大头狮急忙用眼神制止桃花眼，不让它胡来。大头狮绝不是因为害怕而不敢对他咆哮，它是怕发出吼叫声会吓跑正在河边饮水的黄牛，这样就得不偿失了。

　　说老实话，它对"人"没有什么食欲，它曾在罗利安大草原时，用捅马蜂窝的办法让猩猩像黑果子似的从树上掉下来，吃过一次猩猩肉，味道不怎么样，比斑羚和角马差多了。如果现在还是在罗利安大草原，还处在食不果腹的困难时期，当然不应该放弃这个"白猩猩"，有总比没有强，聊胜于无嘛。但现在食物丰盛，好吃的东西多得是，何必要去猎杀不值得一吃的"人"呢？

　　食肉动物不是虐杀狂，是不会随意去屠杀的，它们只在饥饿时捕捉它们感兴趣的猎物。

　　大头狮摇晃脑袋碰响草茎，瞪起铜铃大眼威严地望着越走越近的"人"，这是无声的提醒和警告，让"白猩猩"快点滚蛋，别妨碍它们捕猎黄牛。

　　山茅草沙沙响，低着头赶路的白人抬起头来，眼光正好和大头狮的视线撞了个正着。大头狮看见，刹那间，他的眼睛瞪得就像要从眼眶里掉出来，眉梢高吊，下巴扭曲，嘴张成 O 形，啊——尖叫一声，好像撞着了鬼一样，一副惊恐万状的表情。随后他扔下钓竿和鱼篓，转身就逃。大头狮发现这个"白猩猩"一样的东西还有一点与罗利安大草原的猩猩有所不同，那就是他直立行走比任何一种猩猩都要熟练灵敏得多，速度也要快得多。其他猩猩虽然也能直立行走，但动作笨拙，步履蹒跚，速度很慢。也许这是一种习惯于在地面行走的"白猩猩"。

——来人哪，这里有狮子，救命哪！

那个"白猩猩"一样的东西边跑边发出可怖的叫声。

谢天谢地，他的叫声未能惊动河边的黄牛。

走吧，走吧，算你走运，碰到的是对你的肉不感兴趣的雄狮。

目送走"白猩猩"一样的东西，三只半大的雄狮继续悄无声息地向河边摸去。离开黄牛只有三十来米远了，大头狮正想发威吼叫，指挥一场稳操胜券的扑咬，突然，汪，汪汪——草丛里爆出一串猛烈的吠叫声，紧接着，一黄一黑两条猎狗从草丛里蹿出，气势汹汹地扑了过来。大头狮吃了一惊，愣住了。

到目前为止，大头狮还是第一次见到猎狗。从外形判断，一黑一黄两个家伙是一种类似鬣狗的东西，也是细长的身体细长的腿，尖尖的嘴吻长长的尾，所不同的是，鬣狗的叫声粗俗嘶哑，而猎狗的吠声圆润嘹亮。

让大头狮很难理解的是，这一黑一黄两个家伙胆子怎么会那么大，敢向雄狮挑衅？在罗利安大草原，鬣狗远远看见狮子，就会识相地躲开，从不敢招惹鬣毛飘拂的雄狮。当狮群狩猎或进餐时，鬣狗即使饿得肚皮贴到脊梁骨，也不敢放肆前来争抢，只是远远地守候着，瞪着一双饿得发绿的眼睛，淌着口水，发出如泣如诉的号叫。它们会耐心等待，直到狮群吃完后离去，才敢拥上来抢夺吃剩的动物残骸。从来也没有哪只鬣狗跟吃了雄心豹子胆似的敢朝雄狮扑咬的。

狮子是草原之王，你们是想找死啊！

一黑一黄两条猎狗已扑到大头狮面前，大头狮勃然大怒，吼了一声，爪子横扫过去，来了个秋风扫落叶。两条猎狗还算机灵，一扭腰跳闪开去。虽然狮爪扫空了，但把猎狗的威风给打下去了。黑狗夹起尾巴丧魂落魄地钻进草丛，黄狗喊爹哭娘逃得比兔子还快。

色厉内荏的家伙，看你们还敢不敢向狮子挑衅！

遗憾的是，听到狮子的吼声，那头黄牛趁机逃得无影无踪了。

这时，桃花眼和红飘带都跑到大头狮身边来了。虽然狩猎的目标消失，但三兄弟并不气馁，这里不是罗利安大草原，一次狩猎失败会带来灾难性的后果，这里是狮子的米粮仓，是狮子的大食盆，不愁找不到食物。它们并肩而行，沿着河岸搜索前进。

刚走出五十来米，来到一片乱石滩，突然，前方又响起猛烈的狗吠声，大头狮举目望去，顿时气得七窍生烟，黑狗和黄狗不知是吃错了什么药，又气势汹汹地出现在乱石滩前，摆出一副扑咬状。

你们大概是活得不耐烦了，好嘛，那就成全你们！大头狮朝桃花眼和红飘带使了个眼色，三兄弟散成扇形，闷声不响地朝两条猎狗包抄过去。狗肉晚餐，虽然质量要比牛肉晚餐差一些，但也凑合了。

没等三只半大的雄狮做出扑咬的动作，两条猎狗就扭头奔逃，这一次逃得很从容，也逃得很利索，一边逃一边发出嘹亮的吠叫声，看起来有点像在报信。大头狮根本不把这两条猎狗的报信当回事，即使它们用联络信号唤来一大群狗，那又怎么样呢？对三只雄狮来说，还不是小菜一碟！世界上还没有像鬣狗这样大小的动物敢硬碰硬和雄狮进行厮杀的。

随着猎狗的吠叫，前面一片槟榔树林里，拥出五个猩猩一样的东西，三黑两白，有的拿着木弩，有的握着长矛，有的端着猎枪。

大头狮视力好，一眼就认出为首的那位就是刚才吓得丢了钓竿和鱼篓的家伙，他们神情紧张地朝乱石滩张望。

两条猎狗逃回到这伙猩猩一样的东西跟前，摇着尾巴，又扑又跳，还不时地扭过头朝乱石滩吠两声，瞧这模样，这一黑一黄两条狗与这伙猩猩一样的东西彼此很要好，这也使大头狮觉得很新鲜。在罗利安大草原，从没见过哪条鬣狗和猩猩做朋友的。只要有可能，鬣狗总想把猩猩弄来当食物，而猩猩们也很讨厌鬣狗，大头狮曾亲眼目睹四只黑猩猩将一条掉队的小鬣狗抓上树去，一只猩猩抓住一条鬣狗腿，将那条倒霉的小鬣狗活活撕碎了。

那个为首的白人指着乱石滩，吆喝了一声，黑狗和黄狗撒开腿箭一般的朝乱石滩奔来。

看来，猩猩一样的东西是这两条狗的主子，这两条狗服从他的指挥，对大头狮来说，这也是很稀罕的事。

大头狮十分恼怒那个为首的白人，刚才放了他一马，谁知好心被当做驴肝肺，他一转身就纠集狗和同伙又来找麻烦，这不是存心要跟它们三只半大的雄狮过不去吗？大头狮决心要教训那个"白猩猩"似的家伙，让他尝尝雄狮的爪牙。

大头狮脑袋特别大，智慧出众，善于动脑筋。它想，两条狗在前面，猩猩一样的东西跟在后面，彼此相隔着很长一段距离，如果先收拾两条狗，猩猩一样的东西一定会闻风丧胆，逃之夭夭；如果不先收拾两条狗，狗一进乱石滩，必然会吠叫报警，猩猩一样的东西也会上树躲避。只有引开两条狗，并把猩猩一样的东西吸引到乱石滩来，让他们脱离那片槟榔树林，才能万无一失地擒住那只不识好歹的"白猩猩"。

大头狮眼珠子骨碌一转，尾尖那撮黑毛灵巧地一甩，便计上心来。它朝跟在身后的桃花眼和红飘带做了个爪子刨地的动作，又轻声咕噜了几句，然后卧进一条被雨水冲刷出来的浅沟里，桃花眼和红飘带迅速从两边刨下一些碎石和沙土，盖在它的身上。

大头狮刚隐蔽完，两条猎狗已冲到乱石滩前，它们到底是畏惧狮子的，在乱石滩前狂吠个不停，却没有胆量跨进乱石滩来。桃花眼和红飘带先从乱石滩伸出头来，故意让两条狗看见自己，装出一副无心恋战的样子，尾巴耷地，缩头耸肩，灰溜溜地往后撤退。两条猎狗兴奋地跟了上来，尾随吠叫。桃花眼和红飘带愈加显得心慌意乱，小跑着落荒而逃。两条猎狗愈加张狂，加快追击速度。

当两条狗从大头狮身边经过时，大头狮只要一个鹞子翻身，就可以一爪打断其中的一条狗的脊梁，造就一条断了脊梁的癞皮狗，但它克制住自己扑击噬咬的冲动，纹丝不动，放过了它们。

小不忍则乱大谋，我大头狮要的是西瓜而不是芝麻。

若是在正常情况下，嗅觉灵敏的猎狗在途经大头狮身边时，是能发现破绽的。大头狮匆忙隐蔽，时间仓促，伪装得很拙劣，不仅气味外泄，金黄的皮毛也没能完全遮盖，稍加留心就能看穿。但两条猎狗见两只雄狮被自己追得狼狈逃窜，免不了得意忘形，注意力完全集中在桃花眼和红飘带身上，无暇顾及其他，竟然没看见躲在浅沟里的大头狮。

桃花眼和红飘带逃出乱石滩，在一个岔路口你往东我往西，分头而行。两条猎狗也分头而追，吠叫声离乱石滩越来越远。

五个猩猩一样的东西满以为猎狗把狮子赶跑了，气咻咻地尾随而来，根本就没提防乱石滩里还会有什么危险，戒备松懈，只顾着赶路。为首的那个白人离大头狮伏击的位置越来越近，已听得见沙沙的脚步声了。大头狮暗中做好准备，屈腿弓腰，尾尖支地，耳朵竖起。嚓嚓嚓，脚步声在耳畔响起，夕阳将一个黑色的身影投到大头狮的身上。是时候了，噢——大头狮怒吼一声，一个鲤鱼打挺，从浅沟里蹦起来，碎石泥屑在半空炸成一朵蘑菇云。

——管你是真猩猩还是假猩猩，既然送肉上门，我就照收不误！

大头狮不愧是颇有心机的狮子，这一招平地起惊雷式的扑击凶猛无比，具有极大的威慑力，那伙猩猩一样的东西霎时间变成了一群木偶，惊得目瞪口呆。

大头狮要的就是这等效果，它在空中扭动腰肢稍稍调整了一下方位，准确扑到了为首的"白猩猩"身上，爪子用力朝他细细的脖子横扫过去。"白猩猩"惨叫一声，像截木头似的倒了下去。到目前为止，事情完全按大头狮的设想在顺利进行。当"白猩猩"倒下去后，大头狮很有把握地预料，其他几个猩猩一样的东西立刻会吓得魂飞魄散，只恨爹娘少生了两条腿，逃回槟榔树林，爬上树梢再也不敢下来了。

大头狮等着那伙猩猩一样的东西转身逃命，没必要也不可能把他们通通都扑倒的。它打算在他们狂奔乱窜时，朝他们背后发几声恫吓的吼叫，为他们送行。他们逃跑后，它就可以从从容容地宰割那只"白猩猩"了。

大头狮等了几秒钟，让它吃惊的是，那伙猩猩一样的东西并没像它预料的那样转身逃命，他们很快从震惊中清醒过来。一个背着木弩的黑人猛地扑到受了伤的白人身上，用自己的身体盖住了白人的身体，另两个黑人举着长矛朝它身上戳来，还有一个白人手忙脚乱地从肩上卸下那支乌黑锃亮的双筒猎枪。

大头狮虽然阅历不深，但也经历过许多狩猎场面，从未见到有如此团结友爱的动物，猩猩也好，鬣狗也好，斑羚也好。当受到天敌袭击时，某个个体受了伤倒在地上，其他个体立刻会作鸟兽散，不仅不会来冒死相救，还会暗暗窃喜，因为天敌捕捉到猎物后，就会停止追撵，某个个体罹难了，意味着其他个体获救了。只有带崽的母兽在仔兽陷入困境时，会奋不顾身地前来营救。大头狮朦朦胧胧地感觉到，眼前这伙猩猩一样的东西，决不是普通的猩猩，跟它所见过的任何动物都不相同，恐怕很难对付。

就在大头狮发愣的当儿，一支长矛戳进了它的肩胛，另一支长矛捅进了它的前腿弯，疼得它浑身哆嗦了一下。这些猩猩一样的东西，爪子柔嫩无力，牙齿也不够锋利，便用棍棍棒棒和闪闪发亮的玩意儿来代替自己的爪牙。

在人类看来，长矛和弩箭是冷兵器；在大头狮看来，长矛和弩箭是人类延伸的爪子和牙齿。

大头狮肩胛被戳穿一个洞，前腿弯也被挑开一个口子，汩汩地流着血。它勃然大怒，一个左甩，将一支长矛掀到空中；一个右压，将另一支长矛啪地折断。它大吼一声，准备凌空扑蹿，扑倒这伙可恶的猩猩一样的东西。这时，另一只"白猩猩"举起了双筒猎枪，黑幽幽的枪口直指大头狮硕大的脑袋。大头狮在心里冷笑了一声，刚才两支尖锐的长矛都不能把它怎么样，它还在乎一根长度仅有长矛三分之一的短棍吗？

大头狮从未见识过猎枪，它的脑袋再发达智慧再出众，也想象不出猎枪的威力。它只觉得"白猩猩"手中的那根短棍很漂亮，乌黑的枪管被夕阳涂了一层嫣红，闪烁的光芒刺得它有点睁不开眼。有一点它可以肯定，那根漂亮的短棍上没有矛头箭镞似的锐利尖角，即使戳到自己身上，也不会造成多大伤害，再说漂亮的棍子那么短，当那棍子戳到自己身上时,它的爪子也同时可以拍断"白猩猩"细长的脖子了。

啾呜——汪汪——啾呜——汪汪——乱石滩后面传来狮子雄浑的吼声和猎狗惊慌的吠叫,大头狮知道,桃花眼和红飘带听到它已向这伙猩猩一样的东西发起攻击,便赶走讨厌的狗,跑来增援它了。

大头狮的胆气更壮,信心更足,无所畏惧地蹿扑出去。它的身体刚刚脱离地面,轰!平地起惊雷,"白猩猩"手中那根漂亮的短棍一声巨响,爆出一团乳白色的轻烟,大头狮只觉得自己的身体像被一只力大无穷的巨爪猛推了一把,重重地跌倒在地,胸部被钻出了一个洞,鲜血像小河似的流淌出来。困兽犹斗,它挣扎着站起来,想再次扑上去,轰!短棍又喷火闪电响了一下,它的肚子被打穿了,四爪变得软绵绵,再也站不起来了。

刹那间,大头狮明白了,"白猩猩"手中那根漂亮的短棍是死亡的象征,是魔鬼的化身,会喷火闪电,能钻出看不见的魔爪毒牙,轻易地撕破狮子的皮肉,咬碎狮子的骨头。它第一次有了"人"的概念,虽然长得很像猩猩,但不是猩猩,而是一种比猩猩厉害得多的东西,他们有装着魔爪毒牙的短棍,没有哪一种动物能与他们抗衡。

可惜,它觉悟得太晚了,它已受了致命的重伤,血快流干,身体也在渐渐冷却,已差不多跨进死亡的门槛了。

一个黑人捡起被大头狮掀飞的长矛，在它的脖颈上戳了几下，大概是想检验一下它是否真的无法动弹了。噗、噗、噗，矛尖扎进它的颈椎，它无力地摇晃着脑袋，已失去了疼痛的感觉，只是觉得有点麻。

哗啦，那位白人熟练地往双筒猎枪里装填子弹。

嗷——嗷——桃花眼和红飘带出现在乱石滩上，目睹了这悲惨的一幕，吼叫着想冲过来帮大头狮的忙。

那位白人举起双筒猎枪朝桃花眼和红飘带摆出瞄准的姿势。

夕阳落到地平线背后去了，滞重的紫色的暮霭弥散开来，一群乌鸦掠过乱石滩上空。

大头狮脑子还很清醒，它知道，别说两只半大的雄狮，就是二十只成年雄狮，也休想敌得过白人手中那根漂亮的短棍。桃花眼和红飘带真要扑过来的话，必定是飞蛾扑火，自取灭亡。

倘若它大头狮受的不是致命伤，还有救的希望，还有一线生机，它当然巴不得它们冒着生命危险前来救援；如果桃花眼和红飘带的死能换取它的生，就像在巴逊亚沙漠里与黑犀牛争夺宝贵的水源时，它出卖刀疤脸那样，那它会毫不犹豫地将生留给自己，将死送给兄弟。

现在的问题是，它已死定了，它们来救它只能是白白送死，无谓的牺牲。它大头狮再自私，也没到要两个兄弟来陪它殉葬的分上；损"人"利己的事它会干，损"人"不利己的事它不会干。它还有一口气，它要阻止桃花眼和红飘带前来送死。大头狮艰难地扬起脖子，张大嘴，将最后一口气沉入丹田，用力吼了一声。嗷噢呜——一团热血从胸腔涌上喉咙，随着吼叫声从它的嘴腔迸溅开来，空中绽开一朵硕大的血花，被血浸泡过的吼叫声凄凉哀伤，撕心裂肺。

——别过来，漂亮的短棍里藏着看不见的魔爪毒牙！

——快走啊，他们不是猩猩，他们比猩猩厉害多了！

桃花眼和红飘带及时刹住脚，中止了扑蹿。白人扣响了双筒猎枪，轰轰！霰弹贴着桃花眼和红飘带的头皮飞过去，打在它们身后的一块岩石上，碎石飞迸，弹回来的石片划伤了桃花眼的屁股。好险哪，要是没有大头狮的提醒和阻拦，它们此刻已经饮弹倒下了。

再继续待在这里，它们也会像大头狮一样倒在血泊里。它们对视了一下，掉头就跑。猎狗又变得嚣张，穷追猛撵。猎枪连续射击，刺鼻的硝烟味和暮霭搅成一团。幸运的是，天黑了，能见度越来越低。猎狗怕遭到伏击，追了一段便停了下来，猎枪也屡屡打空。

听到桃花眼和红飘带安全脱险渐渐远去的声音，大头狮长长地舒了口气。怪自己太自作聪明了，把天地之主宰、宇宙之精华的人类错看成普通的猩猩，犯了一个可怕的无法挽救的错误。又一团血沫涌上它的喉咙，憋得它无法呼吸。唉，都说狮子是草原之王，这句话其实是有问题的，经不起严格推敲，狮子哪里敌得过貌似猩猩、两足行走的人类，应改为人类是草原之王才对。它很费劲地喘咳了一下，堵在喉咙口的血沫疏通了，从嘴角溢流出来，呼吸顿时变得通畅。它疲倦地闭上眼，永远睡着了。

半夜，在猫头鹰凄厉的嚣叫声中，桃花眼和红飘带胆战心惊地摸回乱石滩，人、狗和大头狮早已不知去向。大头狮倒毙的地方，血已被干燥的沙砾吸收干净，只闻得见一股淡淡的血腥味。它们趴在大头狮殉难的地方，用脸颊轻轻摩挲地面，以表达悼念之情。要是没有大头狮那声泣血的吼叫，它们也像大头狮一样成了猎枪下的冤鬼了。

唉，还以为娜宛阿尔巴是一块宁静丰腴的土地，是天使的牧场，也是狮子的乐园，没想到，仍然发生了流血的灾祸。但愿人这种可怕的动物并不多见，这辈子再也不要见到他们了，桃花眼和红飘带默默地祈祷着。

它们不愿再见到人，但人却不肯轻易放过它们。

天一亮，它们就成了人们的围剿目标。成群结队的猎狗，许许多多的白人和黑人，像拉网似的朝它们栖息的大青树围过来。

它们算是领教了两足行走的人的厉害。别说人了，光是那些服从人指挥的猎狗，就够它们喝一壶的了。这些猎

狗鼻子很尖，不管它们钻在密不透风的灌木丛里还是爬上枝丫纵横的大青树上，都能闻到它们的气味，寻找到它们的踪影，然后吠叫报警，引来全副武装的人群。

"快，食人狮在那儿！"

"小心，别让它们再伤着人！"

它们哪里知道，一种动物一旦背上食人的罪名，就等于被判处了死刑。

人们在猎狗的引导下，朝它们躲藏的灌木丛围过来，霰弹打得枝叶纷飞，泥尘飞扬。有一次火药灼焦了桃花眼颈上的鬃毛，差一点就在它的脑袋上钻了一个窟窿，没办法，它们只好跳出灌木丛，沿着河岸闷着头拼命跑。

人这种动物数量之多密度之高超出了它们的想象。到处都是围剿它们的狩猎队伍，随处可见握着漂亮短棍两足直立行走的人。逃出了这伙人和这群狗的追撵，又落入了那伙人和那群狗的包围圈。这比在罗利安大草原躲避狮群的驱逐困难一百倍。

在罗利安大草原时半大雄狮们虽然也不受欢迎，一会儿被这群狮子追杀，一会儿被那群狮子撵赶，但在鳄鱼出没的锡斯查沼泽地，在甲狮群和乙狮群的领地之间，总还能设法找到一个喘口气歇歇脚的地方。在这里，这群人和那群人之间好像没有领地界线，也没有他们去不了的沼泽地，只要他们愿意，只要猎狗还有力气奔跑，就盯着它们不停地追击，撵得它们屁滚尿流。

从日出跑到日落，从早晨逃到傍晚，也不知跑出有多远了，四周仍能听到猎狗的吠声，仍未能摆脱人类的纠缠。

它们筋疲力尽，实在跑不动了，看见河湾有个小小的湖心岛，岛上长满了比人还高的芦苇丛，便跳下水游了过去，钻进芦苇深处，卧在低洼处，好歹算有了个临时的藏身之处。

一会儿，十多个人带着五六条狗，追到河边来了。狗们冲着湖心岛狂吠乱叫，像热锅上的蚂蚁一样急得团团转。

也许是考虑到天快黑了怕遭到狮子的反扑，也许是一时半会儿找不到船，而要游过一段十多米宽的河道又担心会遇到鳄鱼的袭击，人们始终没有到湖心岛来搜索，狗更没有胆量离开人跳进有鳄鱼出没的河里爬到湖心岛上来查个水落石出。

夜幕降临，这十几个人小声嘀咕了一阵，在岸上一字儿排开，十几支猎枪对着湖心岛芦苇丛，乒乒乓乓乱打了一气。子弹像飞蝗般钻进芦苇丛，理发似的把一大片芦苇推了个光头。幸亏桃花眼和红飘带躺卧在洼地里，前面有蚁丘和土堆遮挡，没被子弹伤着，但也把它们吓得够呛。它们把脸埋进沙土里，大气也不敢喘。

"打了半天，一点动静也没有，怕是弄错了，食人狮根本没上岛，别浪费子弹了吧。"一位穿西装的黑人说。

"食人狮很狡猾，千万不能大意。"昨天被大头狮抓伤了脖子的那位白人说，"放一把火，把那些芦苇烧了！"

两个黑人将松脂火把绑在弩箭上，做成原始的火箭，射向湖心岛。干枯的芦苇很快被点着了，蓬蓬勃勃燃烧起来。

人类真是可怕，不仅能得心应手地使唤狗，还能随心所欲地指挥火！

滚滚浓烟被风吹刮着，向桃花眼和红飘带迎面扑来，熏得它们睁不开眼，呛得它们直想咳嗽。凡野兽都本能地畏惧火，非洲的稀树草原一到干季常会发生火灾，荒火一起，无论是食草动物还是食肉动物，无论是爬行类还是飞鸟，都会惊慌失措地向远方奔逃。风助火势，燎原的火焰在背后迅猛地扑卷上来，跑得快的侥幸躲过了劫难，跑得慢的活活葬身火海。

桃花眼和红飘带很想能跳起来，掉头奔逃，以躲避无情的火焰。但它们知道，只要它们一站起来，那些人和狗便会在明亮的火光中发现它们，漂亮的短棍便会放出看不见的魔爪毒牙，把它们噬咬成碎片。它们不敢站起来奔跑，也不敢咳出声来，只好忍受着浓烟的折磨，差不多快要窒息了。

火焰越来越猖狂，跳动着，旋转着，发出呼呼的叫嚣声，像千万条毒蛇在跳狂欢舞蹈，把小岛照得一片透亮，在人的呐喊声和狗的吠叫声中，迅速向它们逼近。要是仍躲藏在原地不动的话，用不了几分钟，便会把它们烧成一只火球。桃花眼和红飘带只能匍匐着身体，四爪抠地，慢慢朝后退缩。火焰蚕食着它们面前的芦苇。一股风刮来，一片火焰像只橘黄色的大蚂蚱，倏地跳到红飘带的脸上，把它脸上的绒毛和银白色的胡须都烤卷了，发出一股焦煳味，烫得它连滚带爬地向后躲闪。桃花眼这儿情况也很不妙，火线弯成一个弧形，从侧面向它席卷而来，快要把它给烤熟了。

扑通，谢天谢地，就在火焰即将把它们包围吞噬的节骨眼上，它们的后肢踩到了水，哦，它们已退到湖心岛的边缘了。

桃花眼和红飘带赶快将身体浸泡在河里，只露出嘴吻、眼睛和耳朵。这一带水有点深，水流也有点急，它们尖利的指爪紧紧抠住河底的鹅卵石，这才使自己勉强站稳在湍急的河水里。清凌凌的水漫过它们的脊背，火烧火燎的感觉顿时消除，火焰再凶猛也无法伤害它们了。

在河里游弋的鳄鱼见到冲天的火光，早吓得不知躲到什么地方去了，它们不必担心会遭到鳄鱼的袭击。

岛上的芦苇很快烧光了，火焰愈来愈小，终于熄灭了，留下一地忽明忽暗的灰烬。

一无所获的人和狗这才悻悻地撤离了岸边。

第十章　识破人类陷阱

　　夜已很深，孔雀蓝的天穹上挂着一轮饱满的圆月，给炎热的非洲大地涂抹了一层银白的冷色。狗的吠叫和人的喧嚣都沉寂下来，偶尔有一只雕鸮扑扇着翅膀从树上俯冲下来，扎进鼠类出没的草丛，打破夜的静谧。

　　桃花眼和红飘带湿漉漉地登上岸，抖落身上的水珠，便四处寻觅可以充饥的食物。它们差不多已两天没有吃东西了，饿得眼睛都发绿了；奔逃了整整一天，体力消耗殆尽，急需补充营养。

　　白天在草原上和河岸边随处可见的牛羊，不到天黑便被主人吆喝回用结实的栅栏围起来的牛厩羊圈，根本没法儿进去。路过几个村庄，听得到老母猪在打呼噜，还闻得到火鸡的气味，但那是人类居住的地方，有成群的狗严密地守卫，冲进去就等于冲进地狱啊。老鼠倒不少，但都很机灵，一有风吹草动便钻进洞穴不见了。运气不佳，走到圆月西沉，鸡叫头遍，连一具腐烂的动物尸骸也没见着。

如果今夜吃不到东西的话，明天不用麻烦人和狗来追撵，它们自己就会饿倒在田野上的。

一条眼镜蛇在小路上缓缓爬行，桃花眼犹豫了一下，拔腿追了上去。一般而言，狮子遇到眼镜蛇，会知趣地退避三舍。狮子虽然是大型猛兽，但不具备抗蛇毒的能力，被剧毒的眼镜蛇轻轻咬上一口，几分钟以后就会魂归西天。狮子捉眼镜蛇，真好比是饮鸩止渴。桃花眼实在是饿急了眼，有点不顾一切了。

可还没等桃花眼赶到，眼镜蛇突然一扭身体，吱溜一声蹿到路边一棵小树上，飞也似的攀上树梢。桃花眼扑了个空。眼镜蛇尾巴钩住树枝，扁平的脑袋从树梢吊下来，朝站在树下翘首发呆的桃花眼恶毒地吞吐着鲜红的芯子，好像在说，有本事你到树上来捉我呀！

桃花眼气得干瞪眼。

就在这时，宁静的夜，柔和的风，咩——传来一声羊叫，短促微弱，若有若无，很快被风吹草动的沙沙声淹没了。

红飘带以为这是自己因过度饥饿而产生的幻听，它使劲甩了甩脑袋，想把这虚幻的羊咩声从耳边甩出去。

咩——羊的叫声再度传来，真真切切、清清晰晰，容不得再有半点怀疑了。两只半大的雄狮暗淡的眼神骤然放亮。四周没有村庄，旷野羊咩，对饥肠辘辘的狮子来说，不啻为一种天籁福音。它们在黑暗中兴奋地对视了一下，扭头就朝传来羊咩声的西北方向跑去。

翻过一座土丘，穿过一片灌木丛，钻进一片杂树林，羊咩声就从这里传出来的。

林子里月光斑驳，黑黢黢的。它们睁大眼睛，仔细观察，在一个奇形怪状的树丛里，发现一团白生生的东西在蠕动；耸动鼻翼闻闻，鼻孔里钻进一股甜美的羊膻味。果然是一只雪白的羊羔，蜷缩在树丛深处一个幽暗的角落里。

桃花眼馋得口水都流出来了，红飘带也恨不得立刻就把整只羊羔吞进肚子去，可是，羊羔虽然近在咫尺，却不易弄到手，原来有许多碗口粗的木桩钉在地上，一根接一根排得很密，中间的缝隙小得连狮爪都伸不进去，高约三米，上面还有顶盖，小羊羔就待在这座结实的木笼子里。木笼子搭建在树丛里，木桩和树干编排在一起，很隐秘，不易被发觉。

兄弟俩用身体撞击笼子，笼子纹丝不动；用爪子扒抓木桩，爪子都抓疼了，还是无济于事。

——唉，白高兴一场，弄了半天，原来是镜中花、水中月、关在笼子里的羊！

——唉，听得到羊咩声，闻得到羊膻味，却吃不到羊羔肉，真要馋死狮子了！

两只半大的雄狮贪婪地望着在黑暗的笼子里瑟瑟发抖的羊羔，围着巨大的木笼子慢慢转着圈，希望能找到可将狮爪伸进去的空隙。

绕过一棵被雷电劈死的枯树，突然，它们意外地发现，笼子的这一面赫然有一个大洞，足够狮子钻进去的了。桃花眼试探地从洞口伸进半只脑袋去，笼内虽然很黑，但点点滴滴的月光渗透进去，里头的一切还是能看得清楚：小羊羔就靠在笼子中央的一根木柱上。望见出现在门洞口的狮脸，出于食草动物对食肉动物本能的畏惧，它挣扎着想往后退，却无法挪动一步，看得出来，小羊羔是被捆绑在木柱上的。

从门洞到木柱仅几步之遥，中间没有任何阻隔，只要轻轻一个蹿跃，就能扑到小羊羔身上了。这只小羊羔如此容易擒捉，反而使桃花眼产生了怀疑。如果这真是封闭式羊圈，为何会门洞大开？它已知道，这块土地上几乎所有的五畜六谷，都是人类饲养和种植的，聪明的人类怎么会把一头羊羔送给狮子吃？羊圈一般都盖在村庄边上，有牧羊狗日夜看守，为何这只装羊的木笼会出现在荒野的树林里？这只小羊羔估计还没有断奶，孤零零待在这里，没有母羊陪伴，这不是太有悖常理了吗？这里头可能有鬼，桃花眼从门洞前抽身退了出来。

红飘带接替桃花眼站在门洞口，望见吓成一团的小羊羔，它突然想起在罗利安沼泽看见过的鹈鹕捉鱼的情景：鹈鹕会从面包树上采来一只鱼儿爱吃的花骨朵，来到鱼儿出没的浅水滩，一甩脖颈，将花骨朵扔在水面上；贪嘴的鱼儿浮到水面上来啄食花骨朵，鹈鹕闪电般地伸出渔网似的大嘴壳去，将受骗上当的鱼儿吞进嘴去。鹈鹕尚且会利用诱饵捉鱼，狡猾的人类也就能利用诱饵来捉狮子！它们吃过人类的亏，必须多长一个心眼。

红飘带咽下满嘴的唾沫，沮丧地离开羊笼的门洞。

两只半大的雄狮在羊笼前痛苦地徘徊，放弃眼前这顿美餐，意味着明天它们再也没有力气逃避人和狗的围剿；但若去叼食那只羊羔，风险又实在太大了，进又不敢进，走又舍不得走，为难死了。

嗷——这时，杂树林外传来一声猎豹的吼叫，桃花眼和红飘带在黑暗中对视了一下，两只狮子的脑袋里几乎同时想出了一个绝妙的主意：让猎豹进笼子去叼咬那只羊羔，如果得手，没遇到什么危险，等猎豹一出笼子，它们就上去剪径抢劫，两只雄狮，难道还怕一只猎豹不成？

如果真像它们所担心的那样，羊羔是诱饵，那么猎豹就是它们的替死鬼。它们绕到木笼的背后，嘴贴着木桩之间的缝隙，呼呼地对着笼子里的羊羔吹气，食肉兽血腥味很浓的气息吹在小羊羔身上，就像另一个世界刮来的阴风，吓得小羊羔连续不断地发出咩咩的哀叫，给猎豹传送美味佳肴就在这里的信息。

不一会儿，杂树林窸窸窣窣一阵响，一只猎豹出现在月光下。它体毛芜杂，眼角布满眵目糊，衰老而丑陋，肚子空瘪瘪，看得出来，大概也是有一两天没吃到食物了。它来不及观察四周的动静，一到门洞，便嗖的一声毫不犹豫地闯进笼去，桃花眼和红飘带透过缝隙看得很清楚，老猎豹扑到木柱前，张开血盆大口迫不及待地咬住小羊羔的脖子，用力拉扯，嘣，那根捆绑小羊羔的木柱刹那间跳起来，还没等老猎豹反应过来是怎么回事，哗，笼顶落下一扇木排，封死了门洞。羊笼成了老猎豹的囚笼。老猎豹蹦跶着踢蹬着冲撞着，但木笼十分牢固，看样子，这辈子休想再冲出牢笼了。

桃花眼和红飘带看得惊心动魄，看得瞠目结舌。

嗷——嗷嗷——老豹子一声接一声发出愤怒的吼叫。

汪汪——汪汪汪——杂树林外响起猛烈的狗吠声，还隐隐约约传来人的呐喊声。

桃花眼和红飘带吓得失魂落魄，转身就逃，一口气逃到巴逊亚沙漠的边缘。

好险哪，要不是碰巧有老猎豹来替它们送死，它们中有一个就中了人类的圈套成了笼中兽，想起来还心有余悸。

天边出现一抹水红色的朝霞，明丽的光线像万千支金箭，射穿浓浓的夜，给大地洒下一层熹微晨光。它们正站在沙漠与绿洲的分界线上，霞光下，起伏的沙丘就像奔突的熔岩，而绿洲上的树林与草地，浮动着一片五彩云霓。它们当然喜欢绿洲，而不愿再跨进沙漠。如果它们能自由选择的话，它们希望这辈子永远居住在这块丰腴的土地上。

然而，事实证明，这是无法实现的梦想。世界虽然很大很大，留给狮子生活的地方却很小很小。对野生动物来说，人类就像是上帝，它们是无法和人类去争夺生存空间的。

娜宛婀尔巴，对人类来说，也许真的是天使牧场，但对狮子来说，是魔鬼墓地！

天快要亮了，它们既然被判决为食人狮，人类是不会放过它们的，天一亮，人和狗就会出动，对它们进行一场规模更大来势更凶猛的围剿。它们饥肠辘辘，筋疲力尽，不可能再像昨天那样幸运，逃过人和狗的追杀。要想活，唯一的办法，就是穿过巴逊亚沙漠，回到罗利安大草原去。

它们本来就不应该离开罗利安大草原的。为了寻找狮子的乐园，它们千辛万苦穿越巴逊亚沙漠，刀疤脸死于非命，大头狮也魂归西天，找到的却是一个比罗利安大草原更凶险更难立足的地方。也许，对雄狮来说，这世界原本就不存在现存的乐园，不存在不需要流血拼斗就能获得的幸福。

世界上确实有不少好地方，但那些好地方要么是属于人类的，要么被大雄狮们占领了，半大雄狮要想获得生存的机会，难哪！

太阳从地平线上升起来了，远处传来狗的吠叫声，桃花眼和红飘带最后留恋地凝望了这片丰腴富饶的土地一眼，踏进了干燥燠热的沙漠，巍然屹立在地平线上的乞力马扎罗山为它们指引着方向。

它们前不久才横穿了一次沙漠，知道地形和线路。笔直往前走半天，它们就能到达刀疤脸殉难的那个小池塘，那里有水可以解渴，还有黑犀牛的尸肉可以充饥。它们应该能够活着走出沙漠，回到罗利安大草原的。

第十一章 重回流浪起点

　　桃花眼和红飘带回到了罗利安大草原，重新过上了流浪汉的日子。今天被超短鬃狮群赶到东，明天被卡扎狮群撵到西，饥一餐饱一顿，颠沛流离，疲于奔命。本想穿越巴逊亚沙漠开拓新领地开创新生活的，岂不料命运跟它们开了个玩笑，画了个圆圈，终点又回到了起点，真像是做了一场梦。

　　两个月后，它们终于在独耳喀喀狮群的领地边缘找到了相对固定的栖息地。

　　许多狮群都是以大雄狮的名字来命名的，独耳喀喀狮群为首的就是那只名叫喀喀的独耳大雄狮。并非独耳喀喀特别慈悲，富有同情心，怜悯无家可归的桃花眼和红飘带，允许它们滞留在它的领地边缘。独耳喀喀同其他狮群的大雄狮一样，视流浪雄狮为仇敌，恨不得赶尽杀绝。桃花眼

和红飘带之所以要选择独耳喀喀狮群的领地边缘做自己的
固定栖息地，之所以能在独耳喀喀狮群的领地边缘站住脚，
得益于以下几个有利因素。

首先，是地理环境对它们十分有利。独耳喀喀狮群的
领地在罗利安大草原的西南端，紧挨着锡斯查沼泽。沼泽
地里到处都是深不可测的泥潭，除了鳄鱼和水鸟，其他动
物不敢光顾。

桃花眼和红飘带在被其他狮群的大雄狮追得走投无路
时，多次冒着陷进泥潭的危险逃进锡斯查沼泽地，对这一
带地形了如指掌，并摸索出一套在沼泽地行走的经验。平
时，它们栖息在独耳喀喀狮群领地边缘一带的草地和树林
里，当独耳大雄狮向它们进攻时，它们就逃进锡斯查沼泽，
从一个草墩跳到另一个草墩，在星罗棋布的泥潭间玩起捉
迷藏的游戏。独耳大雄狮害怕陷进泥潭遭到灭顶之灾，追
了几步便不敢再追，冲着它们的背影咆哮一阵后偃旗息鼓，
退回自己的领地。

其次，与其他狮群比较起来，独耳喀喀狮群势力较弱，
除了独耳大雄狮外，还有一只半截尾老雄狮和六只母狮，
属于狮群里头的小部落，或者说属于狮子社会的第三世界。
这对桃花眼和红飘带来说，待在这里比待在有几十只狮子
的大狮群旁威胁要少一些，安全系数要大一些。

有好几次它们饿得耐不住了，铤而走险闯进独耳喀喀

狮群捕捉猎物，被对方发现，围上来厮杀，它们虽然也被咬得落花流水，但最终还是能冲破包围圈，逃之夭夭。要是它们闯进灰鼻吻或沙特拉这样的大狮群领地去偷猎，被一二十只狮子团团围住，要想只受点轻伤就脱身是不可能的，轻则残疾，重则丧命。

最后一个原因，也是最重要的一个原因，是独耳大雄狮的年龄比周围十几个狮群的大雄狮都要大，牙口足足有二十二岁。狮子的寿限是三十岁左右，超过三十岁就是寿星和"人"瑞了。狮子体力最充沛精力最旺盛的年龄段是十岁到二十岁之间，也就是说，独耳大雄狮已过了生命的巅峰，开始走下坡路了，或者说已跨进了中老年行列。

而另一只半截尾老雄狮年龄比独耳喀喀更大，胡须焦黄、体毛斑驳、门齿脱落，已露出衰老之相。

假如不发生意外的话，独耳喀喀狮群会比其他狮群更早进行改朝换代，独耳大雄狮比起其他狮群的大雄狮来，会更早一些被生活淘汰。换句话说，桃花眼和红飘带能更早些实现拥有自己领地和雌狮的梦想。

桃花眼和红飘带决心与独耳大雄狮周旋到底，长期在这儿待下去，直到有一天它们把年老体衰的独耳大雄狮赶下王位为止。

桃花眼啃着从秃鹫嘴里抢来的半具老鳄鱼尸骸，内脏和大部分鳄鱼肉都已让成群的秃鹫叼食完，所剩不多的鳄鱼肉也已腐烂变质，吃在嘴里有一股怪味。就这么一点腐肉，还要和红飘带分享，才吃了几口就吃完了，起码还有大半只胃囊是空的，唉，又要在半饥不饱中熬过漫漫长夜。

桃花眼啃完最后一口鳄鱼肉，蹿上一座土墩，趴卧着，舔食沾在嘴角、胡须和爪掌上的血丝和肉屑。

雨过天晴，空气格外清新。非洲漫长的干季刚刚结束，雨水使焦黄的土地散发出一股好闻的气味；山楂树新发的嫩芽，在焦黑的枝丫上镶了一圈淡淡的金红；几茎野花点缀初冒的青草地，绿意静静地在黑土地上延伸；夕阳无声地向下滑落，在雨后草原上铺开一层瑰丽的色彩。

啾啾——啾啾——独耳喀喀狮群的领地里传来嘈杂的狮吼声，打破了黄昏的宁静。桃花眼举目望去，六只母狮正合力抬着一头非洲水鹿，兴奋地吼叫着，抬到正在山楂树下睡懒觉的独耳大雄狮面前。因为距离不远，桃花眼看得很清楚，非洲水鹿还没有死绝，侧躺在地上踢蹬着四腿，脑袋无力地一沉一抬。独耳大雄狮伸了个懒腰，趴在水鹿身上，撕开水鹿脖颈，吮吸血浆。

桃花眼看着就来气，老不死的，懒觉睡醒了，就有新鲜的血浆喝，而它唇干舌燥时，却只能跑到沼泽喝生锈的臭水。

独耳大雄狮畅快地饮着鹿血，狮眼微闭，银须上翘，一副陶醉状。啧啧，那热腾腾香喷喷的鹿血蘑菇，入口即化，润肺养身，味道一定好极了，桃花眼忍不住流下口水。

半截尾老雄狮也跑了过来，两只雄狮六只母狮齐心协力将水鹿大卸八块，在山楂树下大快朵颐。独耳大雄狮啃着鹿腿，腿骨上还有许多肉没啃干净呢，就连同皮囊一起扔弃不要了，又换了一条鹿腿来啃。这也未免太浪费了嘛，桃花眼看得火冒三丈，它连腐烂的鳄鱼肉都吃不饱，而独耳大雄狮活杀活吃水鹿肉不说，还挑精拣肥，边吃边扔。饱的饱死，饿的饿死，这也太不公平了！

一会儿，独耳大雄狮吃饱了，卧伏在草丛里，舐理爪掌，梳理胡须，用猫科动物惯用的办法替自己洗脸。一只灰褐色体毛上布满雪花状白斑的母狮，绕到独耳大雄狮背后，将沾在独耳大雄狮腿上的草茎树叶舐理干净。另一只尾尖那撮黑毛特别蓬松如盛开墨菊的雌狮，则站在独耳大雄狮面前，用舌头帮它清洗沾在脸颊两侧鬣毛上的血丝。

雪花母狮舐得十分雅致，舌尖顺着毛势滑下去，沙沙沙，轻柔温婉，就像一位训练有素的按摩小姐在进行保健按摩。墨菊雌狮的动作格外细腻，舌头在鬈曲的鬣毛上波浪形地来回蹭动，像一个上星级的美容大师在进行形象设计。

不一会儿，独耳大雄狮便被舐理得整洁清爽，容光焕发。桃花眼越看越心痒眼馋，越看越心理不平衡，这老家伙也活得太快乐了，有母狮替它猎食水鹿，还有母狮替它舔理皮毛，日子也过得太滋润了！

吃饱喝足，躺在柔软的草丝上，沐浴着玫瑰色的晚霞，让雌狮来舔理鬃毛和体毛，啧啧，这大概是天底下最美妙的事了，滋味绝对要比活吃小斑羚更鲜美，也绝对比赤日炎炎躺在凉风习习的树荫下更舒服。要是有可能的话，桃花眼恨不得现在就冲上去把独耳大雄狮咬死或赶走，自己取而代之。可惜，那是痴心妄想，无法实现的梦。它的筋骨还不够强健，爪牙还不够锋利，现在冲过去，只能是白白送死。别说对方还有六只成年母狮帮衬，就是独耳大雄狮和半截尾老雄狮，也足以将它和红飘带咬得落花流水。

看来，只能耐心等待，等到独耳大雄狮年老体衰，等到自己筋骨强健，才有可能取代独耳大雄狮现在的地位，才有可能过上独耳大雄狮现在的日子。可是，这要等到猴年马月呢？

不错，独耳喀喀较之周围狮群的那些大雄狮来，年龄最大，但这只是相比较而言。事实上，独耳喀喀还远未到风烛残年的程度，说它是老家伙骂它是老不死，显然是水分很大的夸张。它牙未松，毛未秃，眼未花，爪未钝，背未驼，腰未塌，腿未软，腾跳扑咬矫健自如，吼声洪亮雄风犹存，还不知什么时候能到阎王爷那儿报到呢。

虽然说，它桃花眼像早晨八九点钟的太阳，处于青春成长期，蒸蒸日上，一天比一天成熟，一天比一天强壮，而独耳喀喀像下午四五点钟的太阳，正在走下坡路，日落西山，每况愈下，一天比一天衰老，但是，这只是一种假设、一种推理，并非铁的事实。

事实是，独耳喀喀养尊处优，不用为生计操心，也不用为食物奔波，食不厌精，脍不厌细，还有母狮悉心为它清理毛丛中的寄生虫，如此优越的生活环境，绝对能延年益寿，再活个十年八年不成问题，长生不老也未可知啊。

而它桃花眼，处在极其恶劣的生存环境中，用水深火热来形容一点儿也不过分，整天奔波，还是吃了上顿愁下顿，时时要提防大雄狮们的驱逐追杀，神经分分秒秒处在高度紧张状态，连睡觉都要睁着一只眼睛，这样的日子必定折寿短命，能不能活下去还是个问题呢。

完全有这样的可能，还没等到独耳喀喀年老体衰，桃花眼自己先被生活淘汰掉了。

它遭到意外的几率是独耳喀喀的一百倍：有可能某一个早晨，在闯进其他狮群的领地偷猎时被凶恶的大雄狮咬伤而死；有可能在仓皇逃跑时，一脚踩滑陷进深不可测的沼泽淹死；有可能吃了腐烂的食物拉肚子拉死；也有可能因找不到食物而活活饿死……就算它能平安地活下去，耐心等到独耳喀喀年老体衰，按部就班地夺取政权，将独耳喀喀狮群更改为桃花眼狮群，它也已狮到中年，生命开始走下坡路了，还能有几多精力来享受甘美的生活？

一万年太久，只争朝夕。最好的活法，就是少年得志、春风得意。

少年是生命的黄金段，精力充沛，生机盎然，情趣饱满，心智健全，情感丰富，情怀炽热，心花烂漫，生命如同才点燃的烈焰，对未来充满憧憬，对前途充满信心，这时候获得成功，畅饮生活的美酒，才不枉狮生一世草木一秋啊！

中年得志，生命已过了一半，回首往事酸甜苦辣，身心已疲惫，精力已不济，棱角已磨平，情感已冷却，满脑子势利与算计，情趣灰飞烟灭，即使获得幸福，也起码是打了对折的。暮年得志，秋风霜叶，一切都将成为过眼云烟，蚕丝吐尽，竹子开花，再好也是白搭，只能说是聊胜于无罢了。

天渐渐黑了下来，独耳喀喀、雪花母狮和墨菊雌狮都隐没在浓得像墨似的夜色中，晚风送来雄狮和母狮打情骂俏的呢喃声。桃花眼恨得牙龈流酸水，老不死的左拥右抱进入温柔乡了，而它却还要和红飘带一起到沼泽地去摸黑捕捉老鼠，晚餐吃的那点鳄鱼腐肉，早就消化光了，必须捉几只老鼠充填饥肠。

它不能无休止地等待，桃花眼边走边想，它不能让青春在等待中消磨，它要设法让独耳喀喀速朽早死，自己早登狮王宝座！

第十二章　情定墨菊雌狮

桃花眼一开始时寄希望于天灾，独耳喀喀走进草丛时正好踩着一条眼镜王蛇什么的，猝不及防被咬了一口，当场毙命；或者老家伙贪嘴去吃箭猪，被箭刺卡住了喉咙，不能咀嚼吞咽，变成饿殍；或者下雷雨时老家伙躲在树下避雨，掉下一个球状闪电，把它炸成焦炭；或者在一个月朗星稀的夜晚，一块陨石从天而降，砸碎了它的脑壳。但等了好几个月，这种事也没能发生。

没有天灾，那就制造"人"祸好了。桃花眼花了好几天时间，冒着随时都有可能一失足成千古恨的危险，在沼泽腹地勘察出一条复杂而又凶险的道路，四周全是深不可测的泥潭，七八只可供踩脚的草墩不规则地分布在一条曲线上，其中一只草墩还隐没在水面下，不明底细的狮子，只要进到这片迷魂阵似的沼泽，肯定会陷进泥潭里去的。

那天清晨，它支走红飘带，悄悄摸到独耳喀喀狮群栖息的那片山楂树林。

独耳喀喀狮群的懒狮还在睡觉，桃花眼叼起它们昨晚吃剩的一只羊头，转身就跑，还故意用身体撞击低矮的灌木，发出哗啦啦的声响。独耳喀喀被惊醒，它当然不能容忍这种肆意的侵犯，带着半截尾老雄狮恶狠狠地追赶上来。

为了引诱老不死的穷追不舍，桃花眼舍不得吐掉那只羊头，奔逃的速度比平时减慢了许多，还没逃进沼泽，屁股上就被独耳喀喀撕了一爪。要不是它疼得干号一声，羊头从嘴里掉落，滚到后面，绊了一下独耳喀喀的脚，它很有可能就被扑倒了。

总算逃进了锡斯查沼泽腹地，桃花眼噗噗两级跳远，蹿进迷魂阵似的泥潭里，只要独耳喀喀跟着它蹿进来，大功就将告成。可后面没有任何动静，回首一看，独耳喀喀在沼泽边缘停了下来。

——嗷，嗷，老家伙，我不怕你，有种就过来试试！

桃花眼愤愤地吼叫，想激怒独耳喀喀，让其继续追撵。但独耳喀喀好像早就识破了它的阴谋诡计，鼻子里打了个哼哼，叼起那只羊头，战利品似的衔在嘴里，掉头回领地去了。

精心设下的圈套，精心布下的陷阱，可悲地流产了。

自己的屁股倒被抓出好几道长长的血痕，真是羊肉没吃到反惹了一身腥膻味。

这以后，桃花眼又用类似的方法试探了几次，每次追到沼泽边缘，狡猾的独耳喀喀就裹足不前了。

本来嘛，锡斯查沼泽是在独耳喀喀狮群的领地边界线以外，只要把来犯者赶出了边界线，独耳喀喀就算赢得了胜利，何必再冒险闯进迷魂阵似的沼泽腹地去呢？除非有特殊的理由，除非制造无法忍受的羞辱，除非刺激得独耳喀喀暴跳如雷丧失理智，它才有可能跟着蹿进沼泽地来。

必须想一个能激怒独耳喀喀的高招来。

或许，它可以把粪尿屙到独耳喀喀狮群的领地里去。狮子习惯用自己的粪尿划定疆域，这样做等于在向老不死的宣战：我觊觎你的领土，我新发表的版图已越过你的边界线，我迟早都会向你发动一场领地争夺战的！

雄狮把领地视为自己的生存圈，把边界线视作自己的生命线，独耳喀喀也许就会气得肚子疼，是可忍孰不可忍，发疯一样盯着它一追到底的。不不，这种办法对付年轻气盛的大雄狮也许还管用，生活中确实有脾气暴躁如火药筒的大雄狮，一颗火星就能引爆。但独耳喀喀不是这样能轻易上当的，老家伙老奸巨猾，目光阴沉，性格稳狠，怕不会为了区区一泡粪尿大动干戈，冒着要陷进泥潭去的危险追进沼泽腹地的。

或许，可以趁老不死的熟睡之际，偷偷跑过去咬下一嘴鬃毛来。对统治着一个狮群的大雄狮来说，活拔鬃毛，算得上是一种侮辱，定能把它气得七窍生烟。但是，这行得通吗？

狮子虽然爱睡懒觉，但身为狮王的大雄狮时刻提防着野心勃勃的外来雄狮推翻自己的统治，脑子里那根斗争的弦绷得极紧，睡梦中也不会丧失警惕，不可能走到它身边了它还不惊醒的；更何况还有半截尾老雄狮和六只母狮，总会有谁及时醒来，听到异常动静，发出报警的吼叫。

等不到它咬掉独耳喀喀的鬃毛，恐怕就会遭到无情的围攻，自己脖颈和头部刚长出一半的鬃毛说不定倒会被拔脱咬光，变成一只癞痢头狮子。

唉，苍天哪，叫独耳喀喀速朽的办法究竟在哪里？

桃花眼一筹莫展，抬起迷惘的眼，望着一丛野仙人掌发呆。突然，它觉得眼睛里划过一道明亮的光，扭头看去，哦，原来是墨菊雌狮，正卧在一丛蕨类植物背后，偷偷地窥望它。四道眼光在空中交汇，不知为什么，墨菊雌狮垂下头去，好像光芒太刺眼不得不将视线移开。

墨菊雌狮在独耳喀喀狮群的领地内，桃花眼在领地外的沼泽边缘，彼此隔着一条边界线，相距二十多米，此时正值中午，光线明亮，看得很清楚。

桃花眼弄不清墨菊雌狮为何要垂下头去，好奇地继续用眼光打量。几秒钟后，墨菊雌狮重新又抬起头来，眼光再次与桃花眼的眼光对撞，就像不敢凝望太阳一样，短促的一瞥之后，又急忙将眼帘垂了下来，鼻吻微皱，双耳耷拉，露出羞涩的表情。

桃花眼心里一动，刹那间一个灵感在脑子里闪现。它为什么就不能利用自己的青春，利用自己那双与众不同的眼睛，来实现自己的理想呢？

桃花眼之所以叫桃花眼，就是因为它有一双特别明亮、特别花哨的眼睛。

狮子属于大型猫科动物，眼睛不算很大，但炯炯有神，目光锐利，在黑夜中还会荧荧发绿，透出食肉兽的威严。桃花眼的眼睛比起其他狮子来，不仅要大许多，还格外漂亮，椭圆形的轮廓，两只透明如琥珀的眼珠子会骨碌碌转，眼神温柔细腻，格外传情。真是美目盼兮，流光溢彩，好像老天爷错把一双波斯猫的眼睛安到狮子身上来了。

这样一双眼睛，自然会减弱它雄狮的风采，很难对所要捕捉的食草动物形成威慑力，造成恐怖感。

有时，在茂密的草丛中行走，突然和一只狒狒面对面相遇，要是其他雄狮，充满杀机的如炬的目光刷地投射过去，狒狒立刻心惊胆寒，浑身颤抖，失去方向感，不知要往哪里逃才好。个别胆子特别小的狒狒还会吓得四肢发软，肝胆俱裂，瘫倒在地任狮宰割；但要是桃花眼，眼睛瞪得再大，狒狒也不会吓得魂飞魄散，更不会被活活吓死，顶多被吓得尖叫一声，然后从容不迫地掉头逃窜。

俗话说尺有所短寸有所长，有一利必有一弊，桃花眼这双与雄狮威风凛凛的形象很不相衬的眼睛，虽然在猎食时少了几分猛兽的威慑力，但却很受雌狮们的青睐，在与异性的交往中威力巨大。

还在双色鬣狮群时，无论是年长的母狮还是同辈的雌狮，对它都很友善，它身上脏了，总有雌狮来替它舔理干净。

有一次它爪掌的肉垫扎进一根一寸多长的毒刺，疼得爪掌都不能沾地，肿得像只熊掌，几只同辈雌狮整日陪伴着它，嘘寒问暖，把食物叼到它嘴边。有一只红鼻子雌狮不嫌脏轻轻咬它受伤的爪掌，把脓血给它挤压出来，另一只歪嘴唇雌狮还用牙齿将毒刺从它爪掌肉垫里拔了出来。其他雌狮则轮流到沼泽地寻找一种开白色小花的草本植物，这是狮子和其他许多哺乳类动物治疗创伤的药物，味极苦，具有止血化瘀、消炎镇痛的功效。雌狮们忍着满嘴的苦涩，把白色小花嚼成糊状，涂抹在它的创口上，照顾得无微不至。

平时，那些同辈姐妹逮到一只竹鼠捕到一条蜥蜴什么的，倘若其他半大的雄狮前去讨吃，十有八九是要碰钉子遭白眼的，但桃花眼来到正吃得欢的雌狮面前，美丽的大眼睛扫射过去，雌狮们几乎毫无例外地会变得慷慨起来，将食物与它分享。

既然它的眼光有如此的特异功能，为什么不可以在墨菊雌狮身上试试呢？堡垒最容易从内部攻破，假如能把墨菊雌狮拉到自己身边来，也许就能早日实现把独耳喀喀狮群改变为桃花眼狮群的梦想。

心理学研究表明，同性之间长时间的眼光凝视，被认为是一种挑衅行为，会引发敌对情绪，而异性之间长时间的眼光凝视，被认为是一种互相吸引的表现，彼此在往心田浇灌爱的萌芽。

墨菊雌狮自己也不知道为什么一与桃花眼的眼光对视，心儿就会像一头小鹿似的乱撞乱跳，那眼光好像用桃花熏过，用蜂蜜渍过，一看见嘴腔就会涌出一股香甜滋味。它从未见过如此美丽明亮的狮眼，白天望去，像两只小太阳；晚上望去，像两只小月亮。

这家伙的贼胆越来越大，开始是偷偷地窥望它，后来是凝视它，凝视的时间越来越长，羞得它抬不起头来。这几天，那具有黏性的眼光更加放肆，总是找机会紧紧贴在它身上，从上望到下，从头望到尾，在它身上游动，它知道，这是很不健康的视觉抚摸，一种意念犯罪。它很害怕，它晓得，桃花眼是只落魄的流浪狮，是独耳喀喀狮群的潜在威胁，是独耳喀喀的心头大患。它作为独耳喀喀狮群的一个成员，作为独耳喀喀的一个妻妾，理应与狮群中的其他狮子一样，同仇敌忾，用仇视的眼光去看桃花眼，起码也要冷若冰霜，而不该与对方玩眉目传情的游戏。世界上没有不透风的墙，要是让独耳喀喀知道它在和桃花眼眉来眼去，后果不堪设想。这游戏太危险了，玩不得，它告诫自己。

墨菊雌狮芳龄六岁，对雌狮来说，正是如花似玉的年华。在独耳喀喀狮群的六只母狮中，它年纪最轻，还未曾生育过；容貌也最美，脖颈柔软、臀部丰满、线条优美，很受独耳喀喀的宠爱。

独耳喀喀狮群虽算不上威震一方的强大狮群，但独耳喀喀在位已有十余年时间，政权稳定，边界安宁，毗邻沼泽，水源丰沛，食物充盈，对一只雌狮来说，日子应该说是过得无可挑剔了。在遇到桃花眼以前，墨菊雌狮从未产生过任何感情的异常波动，规规矩矩，恪守妇道。

也曾经有过其他年轻的流浪雄狮逗留在独耳喀喀狮群边界线附近，但墨菊雌狮都像讨厌苍蝇似的讨厌这些家伙，因为这些家伙会给狮群带来不安定因素。它从未对任何一只流浪雄狮产生过同情心，更别说好感了。

半年前，与独耳喀喀狮群领地接壤的灰鼻吻狮群里，有一只蓝脸大雄狮，地位仅次于灰鼻吻，年轻力壮，相貌堂堂，曾企图勾引它。有一次它单独在边界线散步，蓝脸大雄狮突然越过边界跑到它身边，贼兮兮地想和它交颈厮磨，它狠狠地在蓝脸大雄狮的肩胛上咬了一口，拔腿逃回独耳喀喀身边去了。它并不是生性轻佻、爱玩红杏出墙游戏的雌狮，想占它的便宜，没门儿！

墨菊雌狮决心中止和桃花眼眉目传情的游戏。这很容易做到，一般来说，像桃花眼这样筋骨还稚嫩的年轻雄狮，是不敢随意越过边界线来的，它只消离边界线远一些，就可以避开桃花眼的视线。

再说，独耳喀喀狮群的领地范围不小，它随便往哪个方向奔跑一阵，就可以把桃花眼甩到脑后，不仅影子看不到，连吼声也听不到、气味也闻不到。

它果真这么做了，独自跑到领地东北角的一小片树蕨林里，听听小鸟歌唱，看看秃鹫飞翔，潇洒自在，第一天过得十分惬意。真是眼不见心不烦，它情绪稳定，差不多已经把桃花眼忘到九霄云外了。它好不得意，为自己的理智大获全胜而感到骄傲。

第二天，情况好像有点变化了，老有一种牵肠挂肚的感觉，一颗心悬在半空，上不沾天下不着地。树枝上传来小鸟的啁啾，听起来就像是乌鸦在诅咒；天空中秃鹫在飞翔，看着也心烦意乱。这是因为闲得无聊才杂念丛生的，它想。它找到一群长颈鹿，盯着最健壮的一头公鹿穷追猛撵，从日头偏西一直追到太阳落山，直累得口吐白沫瘫倒在地，身体的极度疲乏才使它暂时忘却了烦恼，沉沉睡去。

　　第三天，事情变得更加糟糕，老有一种雷阵雨前低压云层压得喘不过气来的感觉，其实万里晴空，天上连一丝云彩也没有。它坐卧不安，逮着一只小斑羚，吃在嘴里也味同嚼蜡；躺在柔软的草地上，也像滚在荆棘丛浑身粘满了刺一般的不舒服。它想，它不是在思念桃花眼，它早就把它给忘记了。它之所以不快乐，是因为远离狮群的缘故，太孤单太寂寞了。它真傻，干吗要离开狮群独自跑到这里来呢？它要躲避什么？躲避桃花眼吗？笑话，桃花眼算什么东西，值得它如此煞费苦心地去躲避吗？心里有鬼，才要躲避；它心里没鬼，干吗要躲避？对自己没有信心，才要躲避；它对自己很有信心，干吗要躲避？软弱心虚，才要躲避；它很坚强，干吗要躲避？害相思病，才要躲避；它没患这种感情绝症，干吗要躲避？再说，即使有点微妙的情感纠葛，躲避也不是个办法，躲得了一时，还躲得了一世？

　　独耳喀喀狮群的领地虽然宽广，但出于尽可能靠近水源的生存考虑，狮群习惯于在领地的西南角栖息，也就是说，除了猎食，狮群大部分时间都在紧靠锡斯查沼泽边缘一带生活，只要一回到狮群，便会受到桃花眼的凝视，除非它永远不回狮群，这能行得通吗？它干吗要害怕那双波斯猫型的狮眼？这家伙四岁还不到，脖颈和头部的鬣毛还没长齐，雄狮要到五岁左右鬣毛才能长齐，身心发育才算成熟。乳臭未干的家伙，它怎么可能对它动心？它不愁吃喝，有独耳喀喀陪伴在身边，生活幸福美满，第三者休想插足！苍蝇不叮无缝的蛋，我墨菊就是一只无缝的蛋，你桃花眼这只大苍蝇叮什么叮？再叮也是白叮！

墨菊雌狮越想越觉得自己没必要离群索居，第四天一早，便动身返回领地西南角。

回到锡斯查沼泽边缘，刚好狮群晨猎归来，独耳喀喀见到它很高兴，把一只貘开膛剖腹后，破天荒地邀请它同食糯滑的内脏。

墨菊雌狮吃饱后，躺在草坡的树荫下，离边界线很近。它抬头往边界线外侧扫了一眼，没发现桃花眼的身影。按理说，它该庆幸才对，但不知为什么，心里虚虚的，有点魂不守舍。该不会它离开三天，桃花眼遭到了意外？会不会这家伙见不到它，到别处找它去了？莫不是被独耳喀喀咬伤后逃到远方漂泊流浪去了？它干吗要替它担忧，吃饱了撑的，真是莫名其妙。它使劲摇甩脑袋，把多余的没有名堂的忧虑甩丢出去。这家伙不在了才好呢，它巴不得它永远从地球上消失了！

墨菊雌狮想着，慵懒地在草地上翻了个身。就在这时，噈——锡斯查沼泽传来一声墨菊雌狮十分熟悉的雄狮的轻吼。声音也是一种形象，嘶哑颤抖的叫声里透出别后的无限思念和意外重逢的惊喜，它不用看就知道，是桃花眼迈着急切的步伐从锡斯查沼泽来到边界线。它一阵战栗，说不清是兴奋、害怕还是激动。它虽然没有回头，但感觉到桃花眼那双温情脉脉的眼睛正在注视着它。

——看吧，看吧，就算你的眼光是火焰，我的心是厚厚的冰层，也休想融化它！

——看吧，看吧，就算你的眼光是春风，我的心是一潭封闭的枯水，也休想吹起一丝涟漪！

——看吧，看吧，就算你的眼光是利箭，我的心是坚硬的石头，也休想射得穿！

——看吧，看吧，就算你的眼光是钓钩，我的心是不贪嘴的鱼，也休想引我来吞诱饵！

墨菊雌狮背对着桃花眼，脊背上仿佛有一群蚂蚁在爬，它晓得，那是桃花眼的眼光在它身上进行全方位的扫描。已经整整三天没见着桃花眼了，不知这家伙胖了还是瘦了，委靡不振还是精神抖擞，目光更清澈了还是变浑浊了？它很想扭头看一眼，不行，它告诫自己，这家伙的眼光是蝎子是毒蛇是蜘蛛是章鱼是大黄蜂是罂粟花，一看就会中毒的。它强忍着扭头窥望的冲动，把头埋进草丛，假装睡觉。可这怎么睡得着啊，心里痒丝丝，脑子如乱麻，一百只瞌睡虫来叮咬也无济于事的！

背后传来吼叫声，断续哽塞，如泣如诉，像在吐露无限委屈；在它脊背上游移的眼光也好像变得潮湿了，不知是被凄楚的泪弄潮的，还是被满肚子的苦水浸湿的。它应该回首看一眼，墨菊雌狮想，看看对方究竟是怎样一副表情，桃花眼毕竟不是沼泽，看一眼就会陷入深不可测的泥潭；它不是雪狮泥狮纸狮，看一眼就会把自己融化了稀释了焚烧了。它可以用最严厉的目光最严肃的表情最冷酷的心肠最冰霜的嘴脸，回首去看，让对方明白自己的心迹：放弃无聊的幻想，死了这份心！

墨菊雌狮想象自己在嚼一枚苦瓜，奋耳耸鼻，把一张年轻雌狮平滑的脸弄得老僵僵皱巴巴，然后，扭转脖颈，用一种不屑一顾、睥睨一切的眼神朝后望去。

桃花眼趴在边界线的一座蚁丘上，正目不转睛地盯着它看，眼眶里蓄满愁绪，两只眼睛就像锁在浓雾中的太阳，更有一种内敛的光芒，一种深层次的穿透力，那张还显得有点孩子气的狮脸上，混合着忧伤与企盼的神情。

双方的眼光相遇了，墨菊雌狮感觉到自己的心被什么东西捏了一把，一阵抽搐。桃花眼见它回首凝目，霎时间心花怒放，眉际云开雾散，眼光又亮如炬烈如焰，熔岩般喷薄而出，倾泻到它身上。它顿时产生一种被熔化的感觉。

墨菊雌狮害怕地四下瞅瞅，独耳喀喀躺在树荫的另一侧，已经睡着了，其他几只狮子有的在梳洗自己的爪掌，有的在闭目养神，没有谁在注意它，它这才松了口气。它已经回首看过一眼，没必要再去看第二眼了，它想。

然而，理智好像很难控制感情，剪不断，理还乱，不回头去看，揪心似的难受。墨菊雌狮移动了一下位置，头朝向锡斯查沼泽，尾对着独耳喀喀，这样，不用回首扭颈，就能看见蚁丘上的桃花眼了。

桃花眼那双明亮的会传达心曲的眼睛仍然在痴痴地望着它。那眼光，温润得就像绵绵春雨，而它就像是久旱的土地，正盼着雨露的滋润。它不再想象自己嘴里嚼着一枚苦瓜，也不再把自己的脸弄得老僵僵皱巴巴，恰恰相反，就像一股蜜泉流淌到心里，狮脸容光焕发，就像一朵盛开的鲜花。

这没有什么，墨菊雌狮想，眉来眼去，互相凝眸对视，不过是一种愉悦身心的游戏罢了。它不是奴隶，也不是囚犯，总有权玩玩游戏的吧。

生活太平淡了，平淡得有点乏味。独耳喀喀虽然待它不错，但毕竟年纪大了一些，精力不济，除了猎食和进食，一天中的大部分时间都在蒙头大睡，缺少生活情趣，不知道年轻雌狮除了吃饱喝足外，还需要什么。它没有任何精神享受，就像生活在沙漠一样。桃花眼的出现，那让它陶醉的眼光，那让它战栗的凝视，好比是荒漠中出现的一块绿洲，沙漠里出现的一泓清泉，它干吗不能享用一下？

桃花眼温柔的目光轻轻地在它身上移动着，感觉上就像是一条情趣盎然的舌头，在舔吻它的身体。唉，我的俏哥儿，我的小冤家，你想看就看吧。它微闭着眼，享受这醉心的快感。

互相多看一眼，这是很正常的事，算不上什么不道德的行为，它没必要有犯罪感，用不着如此苛求自己。眼光毕竟是眼光，世界上再苛刻的法典，也没有眼光犯罪的条款。到目前为止，它并没有做过什么对不起独耳喀喀的事情，以后也不会做的。它绝不会让事情再往前发展，它会严格把握住界线，不让桃花眼得寸进尺的。它不会感情脱轨，更不会红杏出墙，它不过是觉得生活太平淡了，寻求一点小刺激罢了。

游戏就是游戏，不是真的。

它自我感觉还是一只好雌狮。

桃花眼屏住呼吸，用爪掌下厚厚的肉垫踩着地，悄无声息地向一片蒲葵林摸去。太阳当顶，颤动的光焰炙烤着大地，葵叶被晒得金黄，只有秆心刚刚长出的一卷嫩叶，在枯黄的叶丛间伸展着翠绿，顽强地与干旱抗争。墨菊雌狮就躺在一丛蒲葵下，似睡非睡。

天气热得仿佛划一根火柴就能点着，可桃花眼却四肢冰凉，身体一阵阵发抖，有一种如履薄冰的感觉。

它知道，这是一场孤注一掷的冒险。独耳喀喀、半截尾老雄狮和其他五只母狮也都挤在那片面积并不很大的野蒲葵林里，虽然墨菊雌狮躺卧的位置在蒲葵林的外缘，与其他狮子隔着几丛蒲葵，枯黄倒挂的长柄葵叶像道厚重的帘子，挡住了其他狮子的视线；虽然刮的西南风，它是顶风行走，独耳喀喀闻不到它的气味，但是，只要有一点异常的动静，只要发出一声惊吼，就会把其他几只狮子从昏睡中惊醒，几秒钟之内就可以围住它撕咬。

它没有绝对的把握，当它走到墨菊雌狮身边时，它会乖乖地让它拥进怀，会一声不吭接受它的爱抚。

是的，它和墨菊雌狮眉来眼去已经有三个多月了，墨菊雌狮已从最初不敢与它对视，离群出走以躲避它的眼光，发展到现在比它更大胆比它更热情地与它用眼光调情。它们甚至已达成了一种默契，每天中午狮群午睡时，墨菊雌狮便挑选一个离边界线最近的位置，用目光与它进行美妙的交流。

俗话说，眼睛是心灵的门窗，眼的对视就是心的幽会，墨菊雌狮痴迷的眼光已明白无误地告诉它，它是喜欢它的。但是，到目前为止，这种关系还停留在精神层面，处在初级阶段，没有任何实质性的发展和突破。

桃花眼当然想能尽早地与墨菊雌狮的关系进到一个新境界，好几次在眉目传情的过程中，它颔首勾尾，渴盼的目光一长一短一伸一缩，用狮子特殊的身体语言，热诚邀请对方越过边界线，到它的身边来。当时，独耳喀喀狮群的其他狮子都在蒙头酣睡，墨菊雌狮只要小心谨慎放轻脚

　　步，不需要冒太大的风险就可以越过边界线。事实上独耳喀喀狮群那些母狮身体不适时也常越过边界到沼泽地采撷可治病的植物，但是，墨菊雌狮对它用眼光发出的请柬视而不见，装糊涂，一次也没接受过它的邀请。

　　有一次，它和墨菊雌狮用热烈的眼光对视一阵后，它突然站起来，一甩尾巴，四肢曲蹲，做出要冒险越过边界去到墨菊雌狮身边的姿势来。墨菊雌狮受惊似的跳起来，倏地转过身去，紧跑几步，去到独耳喀喀的身边，那神情，就像受到了侵犯在寻求保护伞，把它桃花眼气得差点当场晕过去。

　　也许，墨菊雌狮把它们的关系仅仅看成是一场有趣的游戏；也许，墨菊雌狮为了消遣和解闷才与它眉来眼去的；也许，墨菊雌狮只是拿它开心，以填补自己的精神空虚；也许，墨菊雌狮把它们之间微妙的情感，当做生命长河里一朵彩色的小浪花，生活交响乐中一段旖旎的小插曲。

　　它可没时间开玩笑，也没兴趣做游戏，更不愿自己成为消遣和解闷的工具。它是严肃认真的，一开始就抱有明确的目的，那就是秘密与墨菊雌狮结成生死同盟，伺机篡夺独耳喀喀的王位。

　　雌雄关系，光有精神上的交往，是脆弱的，靠不住的，桃花眼想，必须有进一步的发展，才能保证自己的理想不至于落空。

这样做风险极大，种种迹象表明，墨菊雌狮顾虑重重，想把它们的关系局限在眼光交流中，而不愿有所突破。

桃花眼没得到允许，冒冒失失地跑过去，万一墨菊雌狮叫唤起来，恐怕性命难保。就算它溜得快，侥幸捡得一条小命，它和墨菊雌狮的关系也将不可避免地画上休止符号，变成冤家对头，再也没有机会少年得志了。

也许更糟糕，独耳喀喀从中觉察出它的企图，加紧提防，加紧围剿，使得它和它的兄弟红飘带在这一带站不住脚，被赶出锡斯查沼泽，到其他地方去漂泊流浪，生存环境进一步恶化。

当然，也不是没有成功的希望。不管怎么说，墨菊雌狮对它颇有好感，这一点是可以肯定的。年轻雌狮胆子小，怕承担风险，所以采取若即若离的态度，这种可能性很大。在它出其不意的进攻下，墨菊雌狮脆弱的心理防线或许会一触即溃，与它结成生死相依的伴侣，成为它最忠诚可靠的盟友。

世界上很多事情，在发展的过程中都含有不确定因素，既可以朝这个方向发展，也可以朝那个方向发展，就看外力起什么样的催化作用了。假如积极进取，就有可能让事情良性发展；假如无所作为，就有可能使事情违背自己的意愿向坏的方向滑坡。

失败和成功的概率各占百分之五十，是生是死，是福

是祸，只能赌一把了。

桃花眼来到独耳喀喀用粪便和狮毛布置的边界线，扭头看了一眼，锡斯查沼泽一棵奇形怪状的矮树上，它的兄弟红飘带卧在一根横杈上，正目不转睛地盯着它看。要是它失败了，但愿红飘带不会抢先逃命，而是能看在兄弟一场的分上，朝尾随追赶的独耳喀喀吼几嗓子，延缓独耳喀喀的追咬速度，帮助它脱险。

跨过边界线，就到了蒲葵林，离目标只有几步了，心仿佛跳到了嗓子眼，步履沉重得就像在泥泞中跋涉。五步……三步……一步……它看见，墨菊雌狮嘴吻上的银须跳了跳，好像感觉到了什么，但没有睁眼。

桃花眼做了个深呼吸，竭力使自己平静下来，但再怎么努力，身体仍像寒风中的树叶，抖个不停。现在要想停止冒险，还来得及，只消悄悄转过身去，顺着原路就可返回锡斯查沼泽，就像什么也没发生过一样，一切维持原状。不不，它不能半途而废，它已吃够了没有领地的苦，它不愿再过漂泊不定的生活，它做梦也想改变现状，它再也无法忍受吃了上顿愁下顿的日子了。不成功，毋宁死。它不再犹豫，伸出舌头，在墨菊雌狮的爪趾间轻轻舔了一下。

桃花眼不敢像情侣似的去舔吻墨菊雌狮的脖颈，而是谦恭地去舔吻爪趾。它希望自己低姿态的求爱，能得到对方的垂怜。

　　嗖，平地刮起一股旋风，墨菊雌狮迅猛地弹跳起来，惊诧的双眼瞪得溜圆，眼神急速变幻，射出两道愤怒的光；身上的短毛蓬张竖立，仿佛是一条眼镜王蛇爬到它身上去了，如临大敌地朝后退了半步；身体微蹲，全身肌肉绷紧，摆出蹿扑的架势；嘴巴张开，喉管蠕动，眼瞅着一声怒吼就要爆响！

　　桃花眼脑袋嗡的一声，一片空白。虽然它事先有心理准备，但仍像遭了雷击一样，刹那间处于麻木状态，定定地站在哪儿，不知道该怎么办才好。

　　也许是墨菊雌狮从地上弹跳起来时踩着了枯叶，弄出哗哗声响！也许是一场好梦刚刚做完，两个瞌睡之间一个短暂的苏醒，独耳喀喀翻了个身，睁开惺忪睡眼，抬起头来，疑惑的目光朝墨菊雌狮所在的方向张望。

　　桃花眼心冷到了冰点，完了，一切都完了，虽然有垂挂的枯葵叶遮挡，独耳喀喀暂时还没发现它，但只要墨菊雌狮一声呼叫，它立刻就会暴露无遗。不，只要墨菊雌狮做出逃避的姿势斜蹿一步，就会使其他狮子惊醒警觉，把它团团包围起来。趁墨菊雌狮还没叫出声来，它应该马上转身逃命的，可是四肢好像不听使唤了，身体僵硬得像块石头，怎么也动弹不了。不仅仅是因为恐惧使它失态，希望的破灭，无法承受的失败打击，使它的精神处在崩溃的边缘。

　　墨菊雌狮一抻脖子，做了个咽口水的动作，将已涌到舌尖的吼叫声咽进肚去。它将上半截身子伸出蒲葵丛，故意让独耳喀喀看见自己，然后，两条前肢趴地，翘臀低头，用慵懒的神态，伸了个猫科动物典型的懒腰，好像刚刚从睡梦中醒来，还想睡个回笼觉呢，又趴倒在地上，脸埋进前臂弯。

　　独耳喀喀收回目光，倒头又睡。

　　桃花眼心头一阵狂喜，绝路逢生，柳暗花明，没想到事情在最后一秒钟发生了戏剧性变化。感觉是对的，跟着感觉走没错。墨菊雌狮是喜欢它的，是舍不得伤害它的。它静静地等了一会儿，微风中传来独耳喀喀呼噜呼噜的酣睡声，它又轻轻爬过去，爬到和墨菊雌狮平行的位置，伸出舌头想舔吻墨菊雌狮的脖颈。

　　——我来了，我知道，你是愿意我来陪伴在你身边的。

　　墨菊雌狮虽然躺着没动，但一只前爪却闪电般地朝桃花眼脸上抓来，尖利的指爪从爪鞘伸展出来，就像利刃出鞘，带着一股冰凉的杀气。它动作凌厉快捷，目光犀利凶狠，就像面对一头长着獠牙的公野猪，利爪所指，就是桃花眼的那双眼睛。

　　——你以为你长着一双迷人的眼睛就可以随便来欺负我吗？我抓瞎你的双眼！

　　墨菊雌狮简直不敢相信，桃花眼有这么大的贼胆，光天化日之下，就在独耳喀喀的眼鼻底下，偷越边界线，跑到它身边来。它只愿做做游戏，而不愿玩火。刚才它没有吼叫，是因为害怕拔起萝卜带出泥，把自己也给牵扯进去。狮子们或许会想，苍蝇不叮无缝的蛋，为什么色胆包天的桃花眼不找别的母狮，而独独要找它墨菊呢？它恐怕很难澄清事实，也很难找到为自己辩解的理由。

它没有吼叫报警，并不等于就默认桃花眼有权得寸进尺。

桃花眼猝不及防，只觉得一股冷风刮到眼睑，墨菊雌狮的爪子已伸到它的面前。它茫然不知所措，望着墨菊雌狮发呆。

只差一厘米墨菊雌狮的尖爪就要抠瞎桃花眼的眼睛了，就在这时，四只眼睛直线对视，霎时间，墨菊雌狮觉得眼前一片灿烂。这是一双什么样的眼睛啊！艳如雨后的桃花，明亮的双眸蒙着一层淡淡的忧伤，显得那么纯正，那么无辜，慑狮心魄，震得它一阵纤颤，心里涌起一股似水柔情。

墨菊雌狮凌厉扑击的狮爪刹那间变得绵软，匕首似的爪趾不由自主地缩回爪鞘。它应当鼓足勇气将利爪再往前延伸一寸，让桃花眼变成瞎眼狮，一了百了，斩断情缘，永远不再滋生烦恼。可是，它忍心毁了一双曾带给它许多快乐的眼睛？它不是蛇蝎，不是豺狼，它是一只有血有肉的雌狮，它真能狠下心肠来把一只喜欢自己的雄狮推向死亡？它的爪子无力地垂落下来，爪掌的肉垫顺着桃花眼的鼻梁下滑，已不是什么带着敌意的撕扯了，倒像是亲昵地在刮对方的鼻子。

桃花眼乖巧地靠上去，为墨菊雌狮舔理沾在脖颈上的树叶泥屑。墨菊雌狮想退缩躲避，但又怕从垂挂的枯葵叶后面钻出去后，被独耳喀喀或狮群里的其他狮子看出破绽，所以不敢轻举妄动。桃花眼趁机粘到它身边，温柔地舔吻它的身体。讨厌的冤家，我要咬死你！墨菊雌狮一口叼住桃花眼的肩胛，使劲用力，肩胛被咬破了一层皮，渗出几粒血珠。疼不疼？小冤家，你再不走开，我可真要咬啦！桃花眼不管这些，仍含情脉脉地望着它，细腻而又执著地替它整理尾尖那簇蓬松如盛开菊花般的黑毛。

渐渐的，墨菊雌狮有一种晕眩的感觉，全身的筋骨和肌肉就像骄阳下的春雪一样酥软融化。它体味到毁灭的痛苦，继而产生再生的幸福。唉，小冤家，你不怕堕落，我就陪你到地狱走一遭！它松开嘴，停止了噬咬，用舌头舔疗桃花眼肩胛上的小伤口。

蒲葵林的一隅，静静地酿制着柔情蜜意。

微风吹拂，蒲葵叶发出沙沙的摩擦声。有谁翻了个身，碾得枯叶哗哗响。桃花眼立即停止舔吻，警觉地从墨菊雌狮身后抬起头来，透过叶片间的缝隙望去，哦，原来是炙热的阳光移到独耳喀喀身上了，它在睡梦中被烫醒，翻了个身，翻进浓浓的树荫下面去了。

　　你的好日子不多了，等着吧，用不了多久，独耳喀喀狮群就会改朝换代变成桃花眼狮群的！

　　桃花眼一面挥舞尾巴，帮墨菊雌狮驱赶讨厌的牛虻，一面得意地想。

第十三章　智取大雄鳄

　　自从桃花眼那天中午冒险越过边界，它和墨菊雌狮的关系得到长足进展。墨菊雌狮或者在烈日当空的中午，或者在万籁俱寂的深夜，越过边界线到锡斯查沼泽同它相会。

　　事实证明，那一次冒险是很值得的。

　　桃花眼希望它和墨菊雌狮的关系，不是一般意义上的情侣，而是生死相依的盟友。为此，它做了许多努力。

　　每次墨菊雌狮来，它都让兄弟红飘带到靠近边界线的蚁丘或矮树上站岗放哨，担任警戒。一旦独耳喀喀狮群出现异常动静，红飘带立刻摇尾报警，墨菊雌狮便能及时做好应对准备，或者神不知鬼不觉地从小路潜回狮群去，或者躲进位于沼泽腹地的草丛中去。这样做，不仅仅是为了它们之间的秘密不被揭穿，更重要的是，让墨菊雌狮感觉到它的细心和精明，从而产生一种安全感。

为了取悦墨菊雌狮，它精心维护自己的形象，勤梳洗，勤打扮。

过去它从不修边幅，也不在意自己身上是否邋遢肮脏，只要能混饱肚皮，只要能不受惊扰地睡囫囵觉，这日子就算过得不错了，现在却开始讲究起来：捕猎结束后，便站到水塘里将四肢的泥浆洗掉；钻出草窝后，立即把沾在身上的碎草树叶舔理清爽；进食后，总要用猫科动物的习惯，仔细梳洗面孔和爪子，把胡须和爪缝间的血丝舔洗得干干净净；一觉醒来后，第一件事情就是将眼角浊黄的眵目糊抹掉，让眼睛永远清亮明净。对雄狮的象征——头部和脖颈上的那圈鬣毛，它更是悉心护理。桃花眼差不多已满四岁，虽然鬣毛还没完全长齐，比起成年雄狮来，不够蓬松，也不够威武，但也有好几寸长，有了一定的规模。一有空闲，它就让兄弟红飘带用舌头帮它梳理鬣毛。由于保养得法，鬣毛鬈曲如丝，一尘不染，看起来英俊潇洒。

为了能赢得墨菊雌狮的好感，巩固它们的关系，它不像其他大雄狮，追求阶段殷勤备至，一旦目的达到，就不再有兴趣向雌狮表达缠绵的爱意。它是情意绵绵无绝期，一到相会的时间，就跑到边界边去迎候；一见到墨菊雌狮，便两眼放光，鬣毛直立，激动得不能自持的样子，连连亲吻，恰到好处地表现出企盼与渴望的心情。它总是在前面开道，撞开荆棘，踏平蒿草，让墨菊雌狮平平安安舒舒服服地跟着它走进沼泽腹地；每当墨菊雌狮起身要返回独耳喀喀狮群，它便缠缠绵绵地一个劲挽留，实在挽留不住了，便用凄凄惨惨悲悲切切的眼光望着墨菊雌狮，以示自己无法忍受须臾的分离，弄得每次相会都像在过一个隆重的节日。两次相会之间，它还尽量找机会登高望远，用灼热的眼波凝望墨菊雌狮，百看不厌，越看越爱看，以示自己是多么愿意日日夜夜分分秒秒和对方厮守在一起，白头到老也不嫌长。

它没有领地，没有家园，没有根基，没有强健的体魄，没有叱咤风云的气派，是一只落魄的流浪雄狮，除了青春、容貌和情感，它一无所有。

它的努力当然见成效，墨菊雌狮越来越频繁地越过边界线来同它相会，有几次还叼着偷偷藏起来的新鲜肉块送给它和红飘带吃。然而，让桃花眼遗憾的是，墨菊雌狮并未表现出对独耳喀喀的厌恶来，常常是刚离开它的身边，返回狮群后，立刻就替独耳喀喀舔理鬣毛，毫无障碍地投入独耳喀喀的怀抱，喜新不厌旧，实行感情双轨制。

还有，每次相会，不管气氛多么融洽，情感多么炽烈，一到独耳喀喀狮群快要从睡梦中醒来的时间，墨菊雌狮便会心不在焉，坐卧不安，急着要回去，一分钟也不肯多待。这表明，墨菊雌狮并没有要背弃独耳喀喀狮群，天涯海角跟它走的意思，也就是说，墨菊雌狮至多只有半颗心在它桃花眼身上，另半颗心还留在独耳喀喀狮群。现在这种状况，要想让墨菊雌狮陪它一起赴汤蹈火，那是极不现实的奢望。

墨菊雌狮之所以实行感情双轨制，一定是出于生存的考虑，桃花眼想，嫌它不够强壮，觉得它不够成熟，太多奶油味而缺乏雄性风采，怀疑它是否有能力提供安宁的家园和必要的生活保障。

也难怪墨菊雌狮会有这种想法，来往这么长时间了，它从未请墨菊雌狮吃过任何东西，倒是墨菊雌狮隔三差五地叼些肉块来给它吃。这种颠倒的喂养关系，难免会被看成是一只生存能力低下的狮子。

必须找个机会向墨菊雌狮证明，它绝不是绣花枕头一包草，绝不是靠吃软饭为生的雄性，绝不是窝囊废和低能儿，它有雄狮的抱负，有雄狮的理想，也不乏雄狮的力量！最好的证明，莫过于当着墨菊雌狮的面，一巴掌将一头正在奔跑的长颈鹿拍倒，或者用矫健的身姿跃上角马的背一口拧断角马的颈椎。非凡的狩猎技艺，可以集中体现雄狮的价值。

困难的是，即使它有这等能耐有这份魄力，哪儿去寻找表演的舞台？偌大的罗利安草原，没有它的立锥之地，没有一块它可以自由驰骋的猎场，它只要一走出锡斯查沼泽，就是侵犯别的狮群的领地，逃命都来不及，还奢谈什

么展示狩猎技艺？它只能龟缩在锡斯查沼泽，由于到处都
是深不可测的泥潭，极少有大型食草兽光临，除了老鼠，
就是凶恶的鳄鱼。它总不能为了讨取墨菊雌狮的欢心，冒
险去捕猎鳄鱼吧？

不过，也许，这并不是不可以考虑的办法哩！

这是一条典型的非洲鳄，体长足足八米；皮肤粗糙得
像披了一层鳞甲；嘴吻虽然不像印度的恒河鳄那样犀利如
剑，但要比扬子鳄和密西西比鳄长得多；上下颚犬牙交错，
闪着寒光，就像磨得锋利的长锯子，模样狰狞可怕。

桃花眼决定攻击这条体格强健的成年雄鳄。为了能获
得墨菊雌狮的信赖，为了能展示自己的勇猛和强大，它只
能这样做。

其实，锡斯查沼泽腹地有许多大大小小的鳄鱼，它完
全可以选一条年幼力弱的鳄鱼下手，或者找一条正守在卵
坑边不吃不喝等待小鳄鱼破壳而出、已熬得形销骨立的雌
鳄作为捕杀目标，这样风险要小得多，成功的把握也要大
得多，但是，效果却会打折扣。要干，就干漂亮的。

那天，从清晨起就阴雨绵绵。由于天气不好，独耳喀
喀狮群整个上午没有捕到猎物。中午，雨停了，太阳从破
碎的云雾间洒下一片片不规则的光亮。独耳喀喀狮群的其
他狮子分头寻找老鼠充饥，墨菊雌狮溜过边界线，来到桃
花眼身边。

天赐良机，桃花眼想，它现在去猎杀这条成年雄鳄，一举三得，既能塑造自己的英武形象，又能获得美味佳肴，还能让墨菊雌狮以为它是在为爱情赴汤蹈火。

由于腹中空空，墨菊雌狮情绪有点低落，来到桃花眼身边后，懒洋洋地躺卧在草丛中，闭目养神。桃花眼舔舔墨菊雌狮空瘪瘪的肚皮，噉，轻轻叫了一声，一甩尾巴，朝沼泽腹地走去。

——跟我来，我给你找好吃的！

墨菊雌狮半信半疑地跟在它后面。

穿过一片藤蔓交织的灌木林，便望见了那条巨大的雄鳄，正从布满王莲的湖里爬出来。它的头和身体趴在湖岸，大尾巴仍泡在湖水里，大张着嘴。几只羽色灰白相间的燕千鸟飞到雄鳄的嘴里，这儿啄啄，那儿抓抓，雄鳄惬意地闭起眼睛，一动不动。

鳄鱼生性凶猛，几乎所有的鸟都不敢靠近鳄鱼，唯独娇小玲珑的燕千鸟敢飞到鳄嘴里去。这其实是大自然中一种典型的共生共栖现象。鳄鱼大部分时间泡在水里，牙齿长得极不整齐的嘴无法完全闭合，总有一些水蛭和其他寄生虫钻到鳄鱼的牙缝里，叮咬吸血。鳄鱼自己没法清除这些寄生虫，所以一看到燕千鸟，就爬到岸边，张大嘴，让这些小鸟来帮助自己清理口腔。因此，燕千鸟又名牙签鸟。

鳄鱼平时警惕性颇高，尤其是在岸上活动时，眼观六路，耳听八方，一有风吹草动，便会迅速退到水里去。因为在水里，鳄鱼所向披靡，没有天敌，而在岸上，有可能会遭到大象、狮子、猎豹和鬣狗等猛兽的袭击。只有在燕千鸟替它剔除牙缝中的水蛭时，鳄鱼才处于松懈状态，容易捕捉。

这时，桃花眼的兄弟红飘带也尾随着来到藤蔓交织的灌木林。

桃花眼先让墨菊雌狮躺卧在灌木林里，示意它别动，然后弯曲四腿，压低身体，嗖地朝大雄鳄蹿跃出去。

——我只饿了半天，远未到山穷水尽的地步，你何必要去冒这个险呢！

墨菊雌狮想阻拦，但已来不及了。它想站起来跟着桃花眼一起冲出去，两只狮子说什么力量也比一只狮子强得多，但红飘带挡在它面前，坚决不让它动。

红飘带当然是在按桃花眼的吩咐行事。桃花眼非但不要墨菊雌狮插手，也不让红飘带帮忙。单独出击，雄狮斗鳄，方显英雄本色，不这样不足以让墨菊雌狮彻底转变对它的看法。它不要墨菊雌狮插手，还有一个用意，就是要用行动告诉对方，它作为新一代雄狮，本质上和独耳喀喀是有差别的。它不仅勇敢，还很勤劳，假如有幸能取代独耳喀喀成为狮群首领，绝不会沿袭旧狮群雄性寄生性社会的陋习，而要实行改革，雄狮担当起猎食的重任，而不会像现在那些当政的大雄狮那样，自己一天到晚睡懒觉，把什么事情都推给雌狮干。

这好比是提前出笼的政改方案、精心拟就的竞选演讲稿。

从藤蔓交织的灌木林到小湖边，直径约三十多米。桃花眼的捕猎方案是这样的：趁雄鳄张嘴闭眼让燕千鸟剔牙的当儿，以迅雷不及掩耳之势猛扑上去，在雄鳄觉察之前，一巴掌击在雄鳄腰上，迫使雄鳄负痛往前逃窜，整个身体爬上湖岸。它守在小湖和雄鳄之间，封死雄鳄逃回湖里的路。

鳄鱼虽是两栖类动物，但在陆地上力量有限，比在水里容易对付多了。桃花眼已向前跃出七八米，耳畔呼呼生风，速度极快。雄鳄还是一副张嘴闭眼浑然不觉的模样。再过几秒钟，它就可以大功告成了，桃花眼心中一阵窃喜，脚下生风，拼命向前冲刺。

突然，唧——唧——那几只燕千鸟炸窝似的尖叫起来，从雄鳄嘴腔里飞出去。就像警报及时拉响，雄鳄刹那间闭合嘴张开眼，一面警觉地四下张望，一面本能地往后退却，想退回到湖里去。

原来，燕千鸟不仅为鳄鱼清理口腔，还是鳄鱼的义务警卫，一有风吹草动，就尖叫报警。

这时，桃花眼已冲到离大雄鳄仅四米左右的地方，雄鳄已瞧见了它，朝它威胁地露出锯齿似的利牙，加快了后退的步伐。

　　毫无疑问，偷袭的方案已经告吹，如果就这样听任大雄鳄退回湖里去，这场捕猎就以失败告终了，桃花眼是不可能跳进小湖去捕杀大雄鳄的。

　　如果继续冲过去噬咬，大雄鳄已有准备，获胜的希望十分渺茫。怎么办？墨菊雌狮正看着它，失败不仅会伤了它的面子，更重要的是，它的全盘计划都要落空了。趁大雄鳄大半个身体还搁在湖岸上，像逮羚羊一样地蹿高扑击，兴许能把这家伙扑翻压伤，在最后一秒钟取得胜利，桃花眼想。机不可失，时不再来，成败在此一举。

　　桃花眼猛地蹿高，身体弹射出去，在空中画出一道漂亮的弧线，两只前爪准准地踩在雄鳄的背上，张嘴就要咬那条扁平的鳄尾。没等它咬着，它便感觉到锥子似的鳄嘴顶着了它的下腹部，锯齿似的利牙已戳疼了它的皮囊。

　　假如听任大雄鳄咬下去，绝对是开膛剖腹，肠子漫流出来。它来不及细想，赶紧放弃咬鳄尾的企图，后腿一蹬，屁股往上抬，做了个类似竖蜻蜓的动作，想躲开大雄鳄的噬咬。岂料大雄鳄也随之抬高身体，玩了一个海狮顶球的动作，尖尖的嘴吻笔直向上抬举。桃花眼失去了平衡，扑通一声翻进湖里去，背脊着地，幸亏底下是水和稀泥浆，没伤着骨头，但泥浆水糊了它一身，它已变成一只标准泥狮。

墨菊雌狮和红飘带见状大惊，从灌木丛里蹿出来，但已经迟了，大雄鳄躲回湖里去了。

桃花眼艰难地翻爬起来，想往岸上跑，但四蹄仿佛是踩在云絮上，怎么也踩不踏实，身体一个劲往下沉，想泅水，又黏又稠的泥浆根本没有什么浮力。

锡斯查沼泽腹地中那些大大小小的湖泊水塘，绝大部分水面底下都是深不可测的泥潭，所以除了鳄鱼很少有其他动物敢在这一带活动。而在岸上动作笨拙的大雄鳄一进入湖里，好比虎归山林，顿时显得灵活自如，虽然背部被桃花眼抓了一把，但伤得并不重，旋风似的在稀泥浆里打了个转，一下就滑到深水区，绕至桃花眼身后，瞪着一双永远是泪汪汪的眼睛，甩动着那条可怕的大尾巴，做出伺机攻击的姿势。桃花眼愈加慌乱，拼命划动四肢，想爬上岸来，事与愿违，身体不仅未能前进一步，还灌了两口浑浊的泥浆水。

啾呜，啾呜，墨菊雌狮在岸上徘徊着，呜咽着。它想救桃花眼，但不敢往凶险莫测的小湖里跳，很明显，跳进小湖，不仅救不了桃花眼，自己的小命也会赔进去的。

红飘带也是这样，站在岸边，一筹莫展。

大雄鳄扁平的尾巴像桨又像舵，在泥浆里划拉，身体灵巧地向前滑行，照准桃花眼的后腿咬来。桃花眼没法躲闪，那丑陋的鳄嘴贴着水面伸展，泥浪已冲刷它的腿弯。它被迫无奈，只好抬高前肢，后肢往下沉，两条后腿深深地陷进泥浆去。大雄鳄咬了个空，在水里旋了个圆圈，回到刚才的出击位置，伺机再咬。

虽然免遭大雄鳄噬咬，但桃花眼大半个身体已陷进泥淖，无力自拔。它心里很清楚，自己快完了，不被大雄鳄拖进水里淹死，也会因泥浆灭顶而窒息。唉，怪自己要逞能，要出风头，要塑造新形象，结果却把性命都弄丢了，真有点划不来，现在后悔也晚了。

又有几条大鳄鱼听到动静，朝这儿游来，想来聚餐，分一杯羹。

墨菊雌狮在岸边转过脸去。桃花眼是死定了，陷入泥潭的狮子免不了成为鳄鱼的食物。独耳喀喀狮群曾经发生过类似的悲剧，一只母狮到河边饮水，不小心一脚踩滑跌进河里，刚巧有一条鳄鱼游过，咬住一条狮腿，可怜的母狮被拖进河底活活淹死了。它后悔在桃花眼鲁莽地想去逮大雄鳄时，自己没及时阻拦。它是爱桃花眼的，它不忍心看着桃花眼被一群鳄鱼撕成碎片。

桃花眼已差不多丧失了求生的意志，一条大雄鳄它都对付不了，现在又有七八条鳄鱼赶过来，它还能有活路吗？与其被凶暴的鳄鱼活活撕碎，倒不如早一点陷进泥浆闷死算了，它绝望地想，停止挣扎，让身体秤砣似的直往下沉。

突然，它感觉到自己的两只后蹄似乎触碰到了坚硬的石头，身体停止往下沉。也许这是一种错觉，它想，用脚蹬了蹬，嘿，果真是稳稳当当地站在湖底了。原来，这块小湖并非深不见底的沼泽，水底只有半米深的一层稀泥浆，再下面就是坚硬的沙砾和岩石。它有救了，桃花眼心头一阵狂喜，它能站稳在坚硬牢实的湖底，就能摆脱束手待毙的困境。

桃花眼把两只前蹄也踩稳在湖底的岩石上，被搅成稀泥浆的湖水刚刚浸没它的脊背，整个脑袋还露在水面上。大雄鳄尾巴哗哗地划着水，慢慢朝它游近，那双恶毒的鳄眼里满是嘲讽与讥笑，就像一只得意的蜘蛛靠近粘在网上的小昆虫。

桃花眼吃力地转过身来，面向大雄鳄。它虽然站稳在湖底的石头上了，但身体仍泡在稀薄的泥浆里，行走都困难，更不用说进行有效的扑咬了。它现在的位置离湖岸约五六米，它想，一面朝大雄鳄咆哮，一面趟着稀泥浆慢慢朝后退，是能在其他鳄鱼围上来前退回湖岸，保住一条命的。可是，仅仅保住命，又有什么意义呢？为什么不能因势利导出其不意转败为胜呢？它想，大雄鳄以为它已陷进深不可测的泥潭，它何不将计就计，装着在泥淖中越陷越深的样子，麻痹大雄鳄，然后……

主意已定，桃花眼身体慢慢往下蹲，还不时地摇晃身体，挣扎两下。稀泥浆掩盖了它的真实意图，从水面上看起来，它确实像是在无底的泥潭无奈地沉沦。稀泥浆漫过了它的脖子，漫过了它的下巴，漫过了它的嘴吻，只剩下鼻子和眼睛还勉强露在水面上。

大雄鳄合拢了嘴，既然狮子快要淹死了，它又何必费力气去格斗呢？让狮子灌饱泥浆沉下去后，再从从容容地去吃，为时也不晚。这浑蛋狮子刚才在岸上差一点要了它的命，它要面对面地看着这家伙遭灭顶之灾，在泥浆糊住狮鼻快要漫进狮眼时，一口咬下那对亮晶晶的眼球，活吞狮眼，也算是鳄鱼界的美谈，以泄心头之恨。

大雄鳄在桃花眼面前缓慢游弋。

一群鳄鱼用嘴顶开湖面上如盆的王莲，已迅速围拢来，离桃花眼只有十几米远了。

在岸边徘徊的红飘带也以为桃花眼必死无疑，哀吼一声，逃进灌木丛。

桃花眼身体又往下蹲了一寸，泥浆淹过了它的鼻孔，只有两只惊悸恐怖的眼睛还浮在水面。大雄鳄觉得时机已到，半张开嘴，用一种悠闲的姿势游上来，欲咬桃花眼的眼珠子。

就在臭烘烘的鳄嘴伸到桃花眼面前的一瞬间，轰，湖面爆起一朵硕大的泥浪，桃花眼的脑袋突然从泥浆里昂然抬起，还不等大雄鳄明白过来是怎么回事，就一爪将鳄背踩住，同时一口咬住大雄鳄的颈椎。

雄狮最拿手的捕食手段就是用利牙叼住猎物的脖子，然后凭借强有力的颌骨拧断猎物的颈椎。桃花眼这一口，凝聚了自被赶出家园两年来所受的所有痛苦和屈辱，又准又狠，只听咔嚓一声，大雄鳄的颈椎便粉碎性断裂，失去了反抗能力，身体软绵绵地垂瘫下来。

正往这儿游来的其他几条鳄鱼见势不妙，立即掉头逃窜，很快消失在翠绿如盆的王莲下。

桃花眼叼着沉重的大雄鳄，慢慢退到岸边，将猎物拱上岸，嗷嗷叫起来。

蜷缩在岸边草丛、伤心欲绝的墨菊雌狮惊讶地扭头观望，一见到桃花眼还活着，欣喜若狂，立刻奔过来，咬住鳄腿，使劲将猎物拽上岸。

当桃花眼跃上岸来，墨菊雌狮顾不得它满身泥泞，把头靠在它的肩胛上深情地摩挲。

鳄鱼肉虽然不如羚羊肉细腻鲜美，但难得吃到，物以稀为贵，也算是一顿佳肴。对墨菊雌狮来说，它还具有特殊意义，象征着情侣的忠诚与体贴，吃起来别有一番美妙的滋味。

这天，墨菊雌狮破天荒地没有按时返回独耳喀喀狮群，而是留在沼泽地里过夜，直到第二天拂晓，才恋恋不舍地离开桃花眼。

第十四章　可怕的沼泽地

这天中午，墨菊雌狮刚刚越过边界线来到桃花眼身边，一头迷路的小鹿晕头转向地跑进独耳喀喀狮群栖息的山楂树林，把正在睡觉的狮子们吵醒了。送上门来的美味佳肴，不要白不要，独耳喀喀带着几只母狮，起身追逐这头迷路的小鹿。小鹿越过边界线，逃进锡斯查沼泽，狮群尾随追赶。

听到动静，墨菊雌狮急忙跟着桃花眼往沼泽腹地转移。桃花眼有意将墨菊雌狮领进那片迷魂阵似的泥潭，躲在一丛蒿草后面。

那头小鹿蹦跳着，顺着一条草径逃到迷魂阵似的泥潭前。四周都是泱泱水塘，布满暗红色锈水，鳄鱼在泥潭里若隐若现，小鹿无路可逃，在那块不足二十平米的草地上团团转圈。

独耳喀喀带着母狮们赶了上来，雪花母狮扑上去，只一掌，便把小鹿打得站不起来。

桃花眼藏身的那丛蒿草离独耳喀喀它们仅三十多米，看得清清楚楚。突然，桃花眼产生一种奇怪的感觉，自己正站在命运的十字路口，只要轻轻跨出去一步，前景就无比灿烂辉煌。幸运之神正在向它招手，它何必再客气谦让？墨菊雌狮此刻藏在它的身边，它只要一声吼叫，从蒿草丛中站起来亮相，等于就在宣告它已和独耳喀喀狮群最年轻美貌的雌狮建立了不同寻常的关系，这无疑是在独耳喀喀胸口插了一刀。如此奇耻大辱，独耳喀喀必定暴跳如雷，只要还有一口气就不会善罢甘休，一定会不顾一切地扑蹿上来同它决一死战。

这儿除了少数几个可以站脚的草墩，四周都是险恶的沼泽，不熟悉地形的独耳喀喀毫无疑问会掉进沼泽去。就算独耳喀喀运气好，扑蹿到它现在所在的这块草墩，也是死路一条，这块草墩仅六七个平方米，最多也就能容纳三只狮子，厮斗起来，它和墨菊雌狮二对一，半截尾老雄狮和其他母狮即使想帮独耳喀喀的忙也插不上手，二对一说什么也不会轻易输给独耳喀喀，空间狭小，独耳喀喀就算有天大的本领也难以施展。

事实上，它只要在独耳喀喀气势汹汹扑咬时灵巧地躲闪开，独耳喀喀就会依着惯性冲出草墩去。或者趁独耳喀喀落地时立足未稳，从后面撞一下它的屁股，把它撞出草墩去，它立刻就会陷进深不可测的泥潭。成功的把握很大，几近胜券在握，它干吗还要犹豫，还不赶快采取行动？

解决了独耳喀喀，其他一切问题就迎刃而解了。它的兄弟红飘带就在附近，闻讯会立即赶过来，同它一起驱逐半截尾老雄狮。这不难做到，虽然它们的鬣毛还未长齐，但怎么说也是年青雄狮了，彼此又是从小在一起长大的兄弟，珠联璧合，对付一只风烛残年的老雄狮绰绰有余。

桃花眼没有征询墨菊雌狮的意见。它觉得墨菊雌狮打心眼里是会赞同它的想法的，因为墨菊雌狮爱它，既然爱它，当然巴不得早一天扫清障碍，彼此能光明正大地永远生活在一起。

自从成功地猎杀了大雄鳄，桃花眼自我感觉相当良好，总觉得自己已完全俘虏了墨菊雌狮，占据了它的整颗芳心，在墨菊雌狮的心目中已取得了不可动摇不可替代的地位。

说干就干，雷厉风行，是狮子的好作风。

啾——桃花眼脑子一热，刷地站了起来，来了个英雄亮相。

——独耳喀喀，睁开你的狗眼看看我是谁，看看陪伴在我身边的是谁！

前面屏风似的蒿草被桃花眼的蹄子踩倒，一切都暴露无遗了。

独耳喀喀和母狮们齐刷刷地将目光转到桃花眼身上，

狮群像被施了定身法，泥塑木雕般地一动不动。

墨菊雌狮两眼翻白，一副即刻就要晕死过去的样子。

那只被雪花母狮扫了一爪子跌倒在地的可怜的小鹿，挣扎着爬起来，一瘸一拐地钻进草丛，奇迹般地从一群狮子的眼皮子底下逃走了。

沼泽地一片寂静，只有风吹草动的沙沙声。

嗷呼——嗷呼——独耳喀喀呼吸渐渐变得粗重，像拉风箱一样，胸肋一起一伏，呆滞的眼睛像充电似的射出骇人的光亮，身体轻微抖动，鬣毛膨胀耸立。显然，它开始从极度震惊中苏醒过来。

桃花眼扭过头去，轻佻地将自己的脖颈靠在墨菊雌狮的颈侧，还亲昵地舔吻墨菊雌狮的脸颊。尽管墨菊雌狮像块石头似的毫无反应，但这些动作本身，等于在当众宣布它们之间有着不同寻常的关系，此时此刻，对嫉妒心很强、已愤怒到极点的独耳喀喀来说，不啻点燃了引爆装置。

嗷嗷——独耳喀喀发出一声惊雷似的吼叫，纵身一跃，不顾一切地扑蹿上来。

——来吧，来吧，这里有深不可测的泥潭正等着你呢！

桃花眼希望怒火中烧仇恨满腔的独耳喀喀第一跳就跳进死亡的陷阱，沉落于没顶的沼泽地里去。让它失望的是，独耳喀喀虽然已气得发疯，但还没完全丧失理智，凭借着多年积累的在沼泽地行走的经验，第一跳落在结实的草墩上，第二跳又落在结实的草墩上，第三跳就落到桃花眼和墨菊雌狮所在的那块大草墩。

冤家仇敌相聚在一个狭小的空间。

对独耳喀喀半途未能掉进泥潭，桃花眼虽然遗憾，但并不感到有丝毫的不安。它以为，独耳喀喀侥幸冲到它所在的草墩，没有半途就陷落沼泽，无非是早几分钟死和晚几分钟死的问题。独耳喀喀今天在劫难逃，这一点是毋庸置疑的。地形对它有利，它又以逸待劳，更重要的是，它和墨菊雌狮二对一，绝对能在一两个回合里就成功地把对方送进比魔鬼更厉害的沼泽去。

独耳喀喀的落点在草墩的边缘，只要再后退一步，就将滑进泥潭。桃花眼大吼一声，张牙舞爪扑上去。它要趁独耳喀喀立足未稳之际，先发制狮，扑上去撕咬，独耳喀喀很有可能会条件反射，后退一步以避开凌厉的攻势。这种情形在两只雄狮打架斗殴时经常能看到，当一只雄狮以雷霆万钧之势扑过来时，对面那只雄狮一般都是采取扭身退却的策略，先避其锋芒，然后再寻机反扑。这是狮子传统的格斗招式，桃花眼相信，独耳喀喀是不可能不按这一格斗招式来应付它的扑咬的。

为了制造声势，一举达到目的，桃花眼竭尽全力，吼得嗓子发哑，眼睛瞪得仿佛要从眼眶里蹦出来，鬣毛膨胀耸动，像一团燃烧的云，身体也像吹了气似的放大了整整一圈，真正是气势如虹锐不可当。

独耳喀喀本能地作出往后躲闪的姿势，右侧的两条腿后跨了半步，前肢屈，后肢蹲，眼瞅着就要朝后缩避了。桃花眼在空中心花怒放，尖利的指爪嗖的一声从爪鞘里撑展开来，在阳光下像数把匕首似的闪着寒光，照准独耳喀喀的脸挖下去。

桃花眼的爪子即将扑到独耳喀喀身上，独耳喀喀也将在一瞬间完成朝后缩避的动作。

就在这时，突然，咚的一声，桃花眼胸侧被什么东西猛烈撞击了一下，身体歪仄，重心失衡，摔倒在地。它本来就在沼泽边缘起跳扑咬的，这一摔，后半个身体摔出草墩，扑通一声，屁股和两条后腿陷进沼泽去。它惊慌失措，两条后爪拼命踢蹬，身体也连连蹿拱，试图摆脱困境，但却越挣扎陷得越紧陷得越深。很快，腰以下部分都浸没在稀泥浆里，靠着两只前爪紧紧抠住草墩，勉强使肩胛和脑袋伸出水面。它懵里懵懂，搞不清楚这是怎么回事。

却说独耳喀喀，已经朝后缩避了，退到草墩与沼泽的临界线上，闪了个趔趄，幸亏墨菊雌狮及时将扑跃在空中的桃花眼撞开，解除了正面威胁，它才刹住朝后缩避的脚步，没掉进沼泽去。

独耳喀喀扭头望望身后的泥潭，这才恍然大悟，好险哪，差点就中计上当，被逼进沼泽喂鳄鱼了。它吓出一身冷汗，赶紧从草墩边缘跳到草墩中央，仍害怕得瑟瑟发抖，呼呼喘息。

墨菊雌狮讪讪地走拢去，用舌头舔理独耳喀喀的鬃毛。独耳喀喀哼了一声，把头扭开去。

桃花眼这才清醒过来，是墨菊雌狮在关键时刻背叛了它，把它撞进沼泽来的。这怎么可能呢？一定是此时此刻自己正在做一场噩梦，它想。可自己的大半个身体已陷进沼泽，这是无法否认的事实啊。这块小小的草墩上，只有它、独耳喀喀和墨菊雌狮，不可能又变戏法似的冒出另一只狮子来的；独耳喀喀没有三头六臂，也不可能有什么分身法的，只有墨菊雌狮能在节骨眼上从后侧冷不防撞它一下。

桃花眼迷惘的眼光直愣愣地望着墨菊雌狮，心就像被利箭洞穿，一滴一滴淌着血。这是为什么？这究竟是为什么呀！它一面挣扎着往草墩上爬，一面嘴里发出呜呜的哀叫声。

——难道爱情真的是虚无的云烟，经不起任何风浪的考验，一阵微风就可以把它吹得无影无踪？

——难道你过去所表现出来的依恋和眷爱，都是无耻的谎言和欺骗？

——老天爷啊，世界上还有没有真情，还有没有可以信赖的狮子？

墨菊雌狮抬头瞥了桃花眼一眼，眼光和眼光相遇，它立刻羞惭地垂下头去，在草墩上来回踱着步，显示出内心的矛盾和犹豫。

对墨菊雌狮来说，短暂的几分钟时间，经历了一场身心被撕裂般的痛苦。当桃花眼突然从隐蔽的草丛里站起来，公然向独耳喀喀挑衅时，墨菊雌狮毫无心理准备，惊愕得快要晕倒了。它有一种当众被出卖的感觉。

它虽然喜欢和桃花眼卿卿我我，但从没想过要脱离独耳喀喀狮群，更没想过要和桃花眼联起手来与独耳喀喀为敌。它从来就把自己与桃花眼的来往看成是一种生活的补充、精神的调剂。桃花眼这一亮相，暴露了它们之间的隐私，等于在迫使它与独耳喀喀狮群决裂。当胆大妄为的桃花眼一声吼叫，独耳喀喀惊诧的目光投射到它身上时，它产生了坠落深渊的毁灭感。

是的，它不否认，它爱桃花眼，但这有个前提，就是不能改变现有的生活格局。爱是一码子事，生活是一码子事，不应该混淆在一起的。桃花眼虽然是只可爱的雄狮，也曾当着它的面猎到过鳄鱼，但终究是一只没有领地没有根基的流浪雄狮，在一起玩玩还行，真要厮守着过日子，绝对一团糟。它对流浪雄狮的生活还是有所了解的，没有固定的狩猎地盘，吃了上顿愁下顿，常常饿得眼睛发绿，像窃贼似的钻到别的狮群的领地去偷猎食物，一会儿被赶到东，一会儿被撵到西，像丧家犬似的惶惶不可终日。

　　它年轻貌美，是独耳喀喀狮群最得宠的雌狮。它疯了，要抛弃安稳舒适的生活，去跟着桃花眼过颠沛流离的日子？桃花眼那双与众不同的眼睛确实迷人确实漂亮确实有勾魂摄魄的魅力，但与严峻的现实生活相比，却又显得无足轻重了。

　　对狮子来说，生存永远是第一位的，其他都是次要的。所以，当独耳喀喀三级跳远落到这块大草墩上时，墨菊雌狮第一个反应就是要设法洗清"背叛"的罪名。

　　桃花眼趁独耳喀喀立足未稳之际，气势汹汹地扑将上去，墨菊雌狮看出桃花眼的用意，是要把独耳喀喀逼进沼泽去。如果有百分之一百的把握，能让独耳喀喀陷进泥潭，墨菊雌狮当然不会投反对票，但它觉得桃花眼的如意算盘未必就能实现。老奸巨猾的独耳喀喀不会轻易上当的，极有可能桃花眼扑了个空，而独耳喀喀也没掉进沼泽，两只雄狮将在大草墩上展开一场殊死的搏杀。

　　要真是这样的话，各方面都还不太成熟的桃花眼绝对不是独耳喀喀的对手，用不了几个回合就会负伤败北，而它墨菊雌狮也会被独耳喀喀狮群所有的狮子视为叛逆和异己，将被迫跟着桃花眼亡命天涯。

　　当时的情形，它既可以听任桃花眼以雷霆万钧之势扑向独耳喀喀，也可以及时起跳把桃花眼撞开。它若听任桃花眼扑咬，等于拿自己的命运押在一场胜负难料的博彩游戏上，不，可以说是在拿自己的生命做赌注，孤注一掷；它若把桃花眼撞开，等于帮独耳喀喀解了围，用行动做出一种忏悔的表示，也是一种立功赎罪的表现，完全有可能得到独耳喀喀的宽宥和谅解。刹那间的犹豫后，它猛烈地朝桃花眼撞将过去。

谁让你出卖我的，你要为此付出代价！

墨菊雌狮的本意，并非要把桃花眼撞进沼泽，置于死地。它只是想把桃花眼撞开，让桃花眼落荒而逃，没想到，由于用力过猛，桃花眼竟被它撞进泥潭里去了。

桃花眼凄楚的眼光和哀哀的叫声，搅得墨菊雌狮心烦意乱。它明白，桃花眼处境相当危险，坚持不了多长时间，就会沉入稀泥浆里。它后悔不该用这么大的力气去撞桃花眼。不管怎么说，它是喜欢桃花眼的，舍不得桃花眼就这样死去。它慢慢朝桃花眼靠拢，心里像团乱麻，不晓得该不该帮助桃花眼爬出泥淖。

隔着一片沼泽地，传来半截尾老雄狮和红飘带的吼叫厮打声，雪花母狮带着另一只母狮赶了上去，和半截尾老雄狮一起，围住红飘带噬咬，红飘带抵挡不住，逃进锡斯查沼泽深处。

桃花眼又奋力攀爬了数次，仍未能上到草墩上来。地势太陡，泥浆太稠，后肢踩不到底，有力用不上。虽然匕首似的前爪深深扎进草根土层，稳住了身体，不再继续往

下滑落，暂时还不至于沉进深不可测的泥潭，但坚持不了多长时间，腿就会酸疼虚软，身体就会不由自主地往下沉。

还有独耳喀喀，很快就会从惊愕与后怕中回过神来，颠颠地跑到它面前，不需要大动干戈，只消在它的前腿咬上一口，它就会葬身于沼泽。它不愿意死，它要设法死里逃生。光靠它自己，是无法爬上草墩的，但如果有一只狮子能过来帮它一把，叼住它的肩胛或后颈用力往上拉扯，是能够像拔萝卜一样把它从泥潭里拔出来的。

现在，只有墨菊雌狮能担当起把它从绝境中拯救出来的重任。它将愤懑压到心底，识相地停止了埋怨和指责，换了一副凄楚的表情，朝墨菊雌狮呜呜叫唤：

——我晓得，你不是存心要把我撞进沼泽的，你是看花了眼，撞歪了方向，把我当成独耳喀喀了！

——谁都会犯错误，我不怪你。现在还有补救的机会，来吧，把我拉上草墩，一起对付可恶的独耳喀喀！

桃花眼那双明亮的大眼睛闪烁着幽幽光亮，凝视着墨菊雌狮，那眼光蕴涵着哀伤和忧愁，对异性而言，具有一种不可抗拒的魅力。

墨菊雌狮像被一根神秘的绳索牵引着，一步步朝桃花眼走去。走到桃花眼面前，它伸出头，张开嘴，轻轻叼住桃花眼的肩胛，摆出一副拉扯的姿势来。

嗷呜嗷——背后传来独耳喀喀威严的吼叫。

墨菊雌狮吃了一惊，混沌的脑袋一下子清醒了。独耳喀喀正看着它，狮群中其他狮子也都在看着它，它若拉扯桃花眼，无疑又把自己放到了与整个独耳喀喀狮群敌对的位置上。它不能毁了自己。它急忙松开嘴，像躲避蛇蝎似的后跳了一步，与桃花眼拉开了距离。

——呜呜，别忘了，你的肚子里，还有我们的小宝宝，我知道，你是不会眼巴巴地看着我掉进沼泽去的！

桃花眼就像一个快要溺毙的人想抓救命稻草一样，不断地朝墨菊雌狮哀叫。

自己不该如此绝情的，墨菊雌狮想。桃花眼给过它温柔，给过它欢乐，它的肚子里有它的亲骨肉。无论如何，它也应当在它危难之际，朝它伸出援救的手！

墨菊雌狮晕晕乎乎，又朝桃花眼跨进一步。

嗷呜嗷——狮群中的好几只母狮隔着沼泽地向大草墩发出愤慨的吼叫。

嗷呜——独耳喀喀做出一副扑咬的姿势。

墨菊雌狮惶惑地望望悬吊在草墩边缘的桃花眼，又望望身后张牙舞爪的独耳喀喀，不知道自己该如何做才好。

感情告诉它，它应当义无反顾地去帮助自己所爱的桃花眼，可理智又告诉它，这样做，不仅不能救出桃花眼，还会把自己也赔进去。独耳喀喀正虎视眈眈地望着它，不等它把桃花眼拉扯上来，就会扑过来撕咬，把它也推入沼泽去。就算不幸中的万幸，它抢在独耳喀喀发作前把桃花眼拔出泥潭，也不能改变逃亡的命运。

它快分娩了，没有狮群的集体呵护，没有稳定的食物来源，没有安全可靠的栖息地，是无法养活一窝狮崽的。为了即将出世的心肝宝贝，它也不能感情用事！

——呜呜，我受不了了，我要滑下去了，看在我曾经舍生忘死为你猎杀一条大雄鳄的分上，帮我一把！

桃花眼目光凄迷，吃力地挣扎着。

墨菊雌狮垂着头，静穆了一会儿，突然举起一只前爪，照准桃花眼的脸，用力拍了下去。它动作迅疾，桃花眼无处躲闪。啪！桃花眼那双无与伦比的美丽的大眼睛，水泡似的破灭了，刹那间变成两只血洞，迸溅起两片血花，像飞出两只红蝴蝶。

桃花眼惨叫一声，不由自主地松开爪子，身体向下滑落，泥浆没过肩胛，没过脖颈，只露出一张恐怖的脸，血汪汪的眼窝凝视着苍天，停滞了一会儿，终于咕咚一声，被污浊的黑泥浆吞噬得干干净净。

水面冒出一长串气泡。

墨菊雌狮怔怔地望着水面那串经久不息的气泡，突然，它发疯般地噬咬自己那只将桃花眼拍打进沼泽去的前爪，咬得皮开肉绽，鲜血淋漓，同时发出一声声撕心裂肺般的哀号。

第十五章　希望的毁灭

天上淅淅沥沥地下着小雨。漆黑的夜，凄凉而又漫长。

年青的雄狮红飘带胆战心惊地从锡斯查沼泽深处的灌木丛中钻出来，一脚高一脚低，冒着雨摸着黑，向巴逊亚沙漠走去。

它已无法再在锡斯查沼泽边缘待下去了。独耳喀喀把它视为不共戴天的仇敌，只要一发现它的踪影，一闻到它的气味，不管离得多远，都会立即率众追咬。

有一次，它蜷缩在一片蕨类植物下，刚刚睡着，突然被独耳喀喀狮群的几只母狮团团围住，被咬掉好几绺鬃毛，屁股也被咬破了，好不容易才逃出重围。

还有一次，它在追一只野兔时，不慎被独耳喀喀和半截尾老雄狮发现，走投无路，只好跳到一棵低矮的大青树上。半截尾老雄狮守候在大青树下，独耳喀喀追上树来，它逃到树梢，细嫩的树枝啪的一声折断了，它从两丈高的树梢摔到地上，幸好是摔在厚厚的草窝里，惊飞了一对正在草窝里孵卵的火烈鸟。晕头转向的火烈鸟冲着守候在树下的半截尾老雄狮飞去，把半截尾老雄狮吓了一跳，它才得以趁机逃脱。

好几次，它实在无法忍受流寇似的生活，想离开锡斯查沼泽边缘，惹不起躲得起，逃到远远的地方去，但独耳喀喀把住各个路口，不让它走，好像非要斩草除根方解心头之恨。它整天心惊胆战，吃不饱，睡不着，才短短几天，就瘦得皮包骨头。它明白，照这样下去，用不了多长时间，它就会步兄长桃花眼的后尘，掉进无底的泥潭，消失得无影无踪。

感谢老天爷，就在它差不多丧失了求生意志时，天上下起雨来。雨虽然不大，但雨丝会淋湿狮子身上的体毛，狮子是不喜欢水的，所以在雨天狮子一般都待在大树下或树洞里，不会到处走动；乌云遮住了星星和月亮，天空像糊了一层黑泥巴，扭头看不见自己的尾巴，走在路上不易被发现；风声雨声会掩盖它行走时的响动。这真是一个逃跑的好机会。

从锡斯查沼泽深处走出去，要穿过一大片泥潭沼泽，道路泥泞，稍有不慎，就会滑进深不见底的水塘去。尤其危险的是，有一段几十米宽的地方，只有几只草墩可以踩脚，四周全是泥潭。白天因为看得见，能从这个草墩蹿跳到另一个草墩，几级跳远便可穿过那片危险地带。天这么黑，路这么滑，那几十米宽的危险地段可真成了名副其实的死亡地带。

很快，红飘带来到危险地段。它熟悉这一带的地形，摸索着走到一块草墩的边缘。记忆告诉它，前方四米左右有一块可以踩脚的草墩。天太黑，它瞪大了眼睛，还是什么也望不见。完全凭一种感觉，它选定了蹿跳的方向，沉住气，用力弹跳，噗的一声，老天爷保佑，不偏不倚，刚好落在结实的草墩上。它又数次摸黑蹿跳，都成功地飞越泥潭，安全着陆了。

水腥味越来越浓了，泥潭还散发出一股动物的尸臭。红飘带知道，前面就是几天前兄长桃花眼殉难的地方。那是一块大草墩，长着齐腰高的蒿草。不知是想到兄长桃花眼，心里犯了忌讳，还是连续几次蹿跳消耗了体力，红飘带这一蹿跳，前爪踩到了结实的草墩，后爪却踩空了，插进冰凉的泥浆。它心一沉，完了，它没扑够距离，只落到了草墩边缘。鬼使神差，这姿势和兄长桃花眼被害时的姿势一模一样，也是下半身陷进泥潭，上半身露出水面，靠两只前爪抠住草根土层，才勉强使自己的身体悬吊在草墩边缘。

红飘带挣扎了几次，都没法攀爬到草墩上来。它把脸枕在草叶上，大口喘息。突然，透过泥土腐烂的气息，它依稀嗅到一股熟悉的气味，哦，是兄长桃花眼残留的气味。它的心一阵悸动，这儿就是桃花眼沉没的地方啊。也不知是偶然的巧合，还是桃花眼阴魂不散，要拉它到另一个世界去做伴？

它不能叫唤，事实上它即使叫破嗓子也没有谁会来救它的。它的情况比桃花眼更糟糕，它的身体竖直悬吊在草墩边缘，脸朝着天，滴滴答答的雨珠打得它睁不开眼。土层被雨水泡得稀松，草根沾着雨水滑得像涂了一层油，使得它的爪子再怎么用力也抓不稳当，再加上饥饿寒冷，四肢虚软乏力，没过多长时间，它的身体便一点一点往下沉，很快，泥浆便淹没了它的脖子，只露出一只脑袋。

完了，彻底完了，红飘带绝望地想，顶多再苟延残喘几秒钟，它就会被无情的沼泽吞噬掉，无声无息地从这个世界上消失。

三年前，它们五只年轻的雄狮一起被逐出家园，一只只都死于非命，最后只剩下它了，很快它也会被活埋掉的。都说雄狮厉害，都把雄狮当做力量的象征，视为威武和勇猛的代名词，可事实上，雄狮的存活率低得可怜，随时都有被淘汰的危险。生活太冷酷了，生命太脆弱了。它一只无依无靠的年轻雄狮，是无力与命运抗争的。

稀里哗啦，被雨水泡松的土层和草根无法承受一只雄狮的重量，溃散了，土坷垃纷纷往下掉。红飘带的身体又往下沉落了几寸，泥浆已涌进它的嘴。就在这时，突然，它觉得自己后肢的爪掌踩着了坚实的东西，就像在大海里游泳快溺死的人突然间触摸到了陆地，它的身体停止往下缩滑。

这不可能，红飘带怀疑自己是在做梦。这片泥潭不可能就这么浅，一下就踩到底的。要真是这么浅的话，兄长桃花眼也不会活活淹死。可它的后爪掌确实踩到了坚硬的东西，实实在在，稳住了它下滑的身体。这究竟是怎么回事？

红飘带一只后爪掌支撑着那坚硬的物体，另一只后爪掌在泥潭深处试探着，奇怪的是，四周都是稀泥浆，再没有可供踩脚的东西。莫非它踩着的是……红飘带心里咯噔了一下，不敢再往下想。它的后爪掌在坚硬的物体上摩挲了一阵，浑圆的头颅，支棱的肩胛，果然是兄长桃花眼的躯体。是桃花眼在冥冥中用自己的身体托住了它，拯救了它啊！

红飘带赶紧用前爪抠住草墩，后肢踩着桃花眼的肩胛，用力一蹬，前肢猛一拉扯，收腹挺胸，嗖的一声，身体笔直上蹿，终于攀爬到草墩上，脱离了险境。

雨还在下着，雨珠打在灌木丛上，发出沙沙的声响。红飘带怀着感激之情，在大草墩边缘亲吻了一下，继续自己艰难的旅程。

穿越独耳喀喀狮群用气味设置的边界线时，浓浓的夜色里，传来一两声狮子悠长的叫声，狮群就在不远的树林里躲雨。它放轻脚步，压低身体，小心翼翼地从左侧绕了过去。

红飘带在巴逊亚沙漠边缘住了下来。它没地方可去，这世界，留给它的除了沼泽就是沙漠，好地方全让其他狮群给占了，它只能在恶劣的环境中挣扎求生。

沙漠边缘虽然不像沼泽地那样一步踩滑就会陷进深不可测的泥潭，但生存条件却比沼泽地艰难得多。

沿沙漠边缘有好几个狮群，无一例外地把边界线设置在罗利安草原与巴逊亚沙漠接壤的那些红柳上，使得它享用不到一片树荫。白天完全暴露在毒焰似的阳光下，烤得毛焦皮烫，真担心会被烤熟了。好几次它被毒辣的太阳晒晕在沙丘下，太阳下山后才被凉爽的晚风吹醒。

后来，它想起那次和大头狮、刀疤脸、桃花眼一起穿越巴逊亚沙漠时，为了避免被晒得中暑倒毙变成狮干，大头狮出了个主意，在背阴的岩石后面刨了个沙坑，可以抵挡酷热。它借鉴已故兄长大头狮的做法，找到一座差不多被流沙淹没的磐石，挖了一个沙坑，像个地窝子，算是固定巢穴，一到阳光炙热时分，就跳进沙坑躲藏起来，活像一只习惯在地底下生活的鼹鼠。不管怎么说吧，总算有办法在炎热的沙漠里活下去了。

饮水也是个很大的问题。沙漠蒸发量大,需要大量喝水才能维持生命,但靠近沙漠边缘的草原,水源本来就稀少。那些狮群,都把水源看做生命之源,觅食、睡觉、游戏都在水源附近,很少远离水源。

为了活命,红飘带只好在每天等到下半夜,狮群酣睡之际,摸到水源边偷水喝。它一天最多只能喝到一次水,要应付整个白天太阳的晒烤,所以喝的时候就拼命喝,喝得肚儿溜圆,一动弹水就咕噜咕噜从喉咙里冒出来,整个身体仿佛都变成一只大水囊了。

在生活的逼迫下,红飘带练出了一套夜行的诀窍:顶风慢行,少钻草棵,多绕树荫,尽量在月亮西沉后再行动;改变狮子用大舌头哑巴的饮水习惯,将舌尖卷成筒状,像食蚁兽似的钓水喝……等等。但是,仍无法保证每一次夜半偷水都能成功。

有时候,它刚刚挨近水源,某个狮群的掌门大雄狮突然从睡梦中醒来,发现了它,率领狮群奔过来驱赶,它只好忍着干渴疲于奔命。有一次,它特别倒霉,连续三个晚上偷水都被发现,没喝到一口水,直渴得嗓子冒烟,连尿都撒不出一滴来。就在它快干渴得虚脱时,老天下了一阵小雨,总算没被活活渴死。食物自然也极为匮乏,很少有机会逮到角马野猪,主要靠捕捉老鼠充饥。

　　凡雄狮，总断不了要想获得自己领地并统帅一个狮群的念头。红飘带在巴逊亚沙漠边缘待了一段时间后，便物色将来自己有可能夺取王位的狮群。它当然是以狮群首领的年龄为首选对象，越老越好。遗憾的是，这一带的三个狮群，占据统治地位的大雄狮都还年富力强，年龄最大的是帕蒂鲁狮群那只体毛杂乱鬃毛灰白的大雄狮，诨名叫老杂毛，牙口也只有十七八岁龄光景，刚刚狮到中年，如日中天，离老朽还早着呢。唉，没办法，也只好选中老杂毛了，慢慢等，慢慢熬吧，二十年的媳妇熬成婆，十年的流浪狮熬成王。

　　红飘带虽然把老杂毛当做自己将来夺取王位的预选对象，但它知趣地把这个念头埋藏在心底，行动上丝毫也不敢表现出来。

　　恰恰相反，它尽量避开老杂毛的视线，只要有其他水源可以找到水喝，轻易不到帕蒂鲁狮群霸占的水源去偷水喝，不到万不得已，也不闯进帕蒂鲁狮群的领地去捕捉猎物。它的兄长桃花眼之所以惨遭不幸，最根本的原因，就是锋芒太露，在独耳喀喀还很健壮的情况下，迫不及待地想抢班夺权。它要牢牢吸取这个教训，决不轻举妄动。

　　是的，谁都希望少年得志，年轻俊美，又有地位，既享受青春的欢乐，又品尝成功的喜悦，更回味权势的甘美，这当然是一切生命所渴望所追求的理想境界。

过去，红飘带强烈希望自己能少年得志，现在它知道了，少年得志其实是一个很难圆的梦，对雄狮来说，更是一个必然会破碎的梦。

世界上或许也有少年得志春风得意的喜事，但那是极偶然的例外。对绝大多数的狮子来说，少年意味着势单力薄，青春意味着受苦受难，只有经过漫长的等待、痛苦的煎熬，才有可能混出个样子来。

一天又一天，一年又一年，光阴像流水，静悄悄地向前流淌。

三年一晃就过去了。红飘带不仅习惯了在沙漠边缘生存，还学会了忍耐和克制。它从不向拥有狮群的任何大雄狮进行挑衅，饮水也罢，猎食也罢，一旦与狮群遭遇，它掉头就逃，尽量避免发生冲突。

三年里，红飘带已长成名副其实的雄狮了，身躯伟岸，毛光水滑，脖颈和肩胛上的鬣毛足足有半米多长，色泽艳红，蓬松开来，宛如一团火烧云。但它从来不在其他狮子面前展示自己的鬣毛，从来不向其他雄狮展露自己强壮的身体，也从来不发出威风凛凛的吼叫。

它知道，自己真正的优势不在那团无与伦比的红鬣毛，不在发达的肌肉和犀利的爪子，也不在越来越娴熟的狩猎技艺，而是年龄。

与老杂毛相比，年龄才是它真正的优势。它比老杂毛整整年轻十岁，虽然就目前情形看，它可能还不是老杂毛的竞争对手，但它正一天天成熟强大起来，而老杂毛正一天天衰败苍老下去。用不了多久，量变就会发生质变，它就能像秋风扫落叶一样，把老杂毛从帕蒂鲁狮群驱逐出去，自己取而代之。从这个意义上说，它只要能够活下去，就是最大的胜利。

让它受到鼓舞的是，老杂毛已露出衰老的端倪与征兆，睡懒觉的时间越来越长，洪亮如雷的吼叫声变得沙哑沉闷，鬣毛色泽越来越白，眼角出现浊黄的眵目糊。一切迹象表明，至多还有两三年时间，老杂毛就要变成让秃鹫垂涎三尺的棺材瓤子了。

那天清晨，启明星还在淡灰色的天空闪烁，原鸡刚刚发出报晓的啼鸣，红飘带从一个名叫灰鼻吻狮群的领地里偷饮完水，返回巴逊亚沙漠，中途要穿过帕蒂鲁狮群的领地。它在欲明还暗的树林里穿行，突然，前面二十米远的草丛里蹿出一只水豚，从它面前一晃而过。本来，它是不想在帕蒂鲁狮群的领地狩猎的，怕会惹出麻烦。但此时此刻，它腹中除了清水，没有任何内容物，饥饿难忍，很想能饱啖一顿新鲜肉食。

看看天，残夜未晓，四周没有动静，从时间上推算，帕蒂鲁狮群的狮子们还在梦乡遨游呢。它想，水豚属于大型啮齿类动物，一身肥膘，胖墩墩的，行动算不上敏捷，惊叫声也不太响亮，只要自己迅速地扑上去，完全有把握在不弄出很大响声的情况下，将水豚制伏。虽然帕蒂鲁狮群就在一百米开外的林子里栖息，但它也许能在吵醒帕蒂鲁狮群前就把问题解决掉。

机不可失，时不再来，红飘带不再犹豫，拔腿追上去。果然像它所预料的那样，肥胖的水豚吱吱地发出轻微的叫声，逃也逃不快，很快就被它扑倒咬断颈椎，呜呼哀哉了。黎明仍然静悄悄，除了枝头早起的雀鸟，谁也没发现这场小小的屠杀。红飘带暗自得意，叼起那只差不多有三十多公斤重的水豚，兴高采烈地往林子外跑。这只水豚，一顿吃不完，它会把剩余部分埋进沙坑，制作成脱水豚肉干，留待饥饿时再吃。

它快走出林子时，突然，一株被藤蔓纠缠绞杀的面包树背后，钻出一只雌狮来。

这是一只约六岁大的年轻雌狮，灰褐色的皮毛油光闪亮，光滑得连苍蝇也叮不上去；五官端正秀美，柔曼的腰肢间，隐隐约约有几条深色的斑马线，活像大黄蜂的腰，其芳名就叫蜂腰雌狮。

红飘带认识它，它是帕蒂鲁狮群中最受老杂毛宠爱的雌狮。天知道这狮妞为什么不睡懒觉，这么早就起来？也许，它爱清早起来在林子里散步，呼吸新鲜空气；也许，它昨晚吃了不干净食物，黎明时分闹起肚子来，找地方排泄去；也许，它和狮群里的谁闹了别扭，睡不着觉，在林子里漫游呢。不管怎么说，它正好撞见红飘带在帕蒂鲁狮群的领地里偷猎食物。

红飘带气得差点没晕倒。运气大大地不好，大清早就碰到扫帚星，到口的食物又要飞走啦！

在和蜂腰雌狮照面的一瞬间，它想到两种应对策略，一是在蜂腰雌狮吼叫的报警声中强行叼着水豚奔逃，帕蒂鲁狮群的其他狮子从睡梦中醒来后，也许不一定能追上它，它就能保住来之不易的食物，两三天里不会再挨饿。但转念一想，这样做似乎不太妥当。叼着三十多公斤重的水豚，根本不可能跑得快，很快就会被狮群追上的。大雄狮老杂毛正在向老年行列跨进，相当于人类进入了更年期，性情暴躁多疑，万一由此而认定它是最危险的竞争者，盯着它不放，跟它过不去，就会坏它的大事。它不能为了区区一只水豚，而影响自己的前程。小不忍则乱大谋也。

还有一种应对办法，就是吐掉叼在嘴里的水豚，放弃这顿美餐。蜂腰雌狮白捡个便宜，当然会迫不及待地扑住水豚撕扯啃咬，而不会再吼叫报警或追咬它了，它就能安然脱险，回到巴逊亚沙漠边缘去。罢罢罢，就当捕捉这只水豚是参加了一次义务劳动。

红飘带无奈地将水豚吐在地上，然后做出一种害怕的姿势，耷拉着尾巴，低垂眼角，呜咽一声，受惊似的跳开去。它做出这套肢体语言，是要告诉对方，自己不过是只胆小怕事的狮子，不值得引起警觉。

红飘带跳出去几丈远后，扭头望了一眼。它想，蜂腰雌狮一定已经扑跃到刚才它吐掉水豚的位置，用身体将水豚罩住，做出猫科动物霸占食物的典型反应，见它驻足扭头，便会龇牙咧嘴、低吼咆哮地进行威胁，以防止食物遭抢夺。

如果蜂腰雌狮真的这样做了，红飘带会再次缩紧身体，仓皇逃窜的。

然而，让红飘带颇感意外的是，它扭头望去，蜂腰雌狮虽然已跃到刚才它吐掉水豚的位置，但并未用身体罩住水豚，更没朝它做出任何威胁的姿态，而是后肢曲盘前肢直撑，一副端坐的姿势。

虽然林子里夜雾未消，红日还未破晓，能见度很低，但因为距离不远，狮子的视力又极佳，红飘带看得很清楚，蜂腰雌狮脸色平和，目光含蓄，不时用舌头舔理自己已经光洁如镜的臂弯和颈窝。

红飘带早已是只成年雄狮了，清楚雌雄间的奥秘，蜂腰雌狮蹲坐的身姿，其实是友好的表示；当着一只陌生雄狮的面舔理皮毛，其实是在搔首弄姿，含有卖弄风情的意思。在异性相吸的作用下，红飘带有点魂不守舍了，不仅不再继续奔逃，还转过身来，也蹲坐下来。面对面蹲坐，在狮子行为词典上，诠释为双方都有进一步发展友谊的企望。

蜂腰雌狮用一种略带羞涩的表情，将地上的水豚翻了个身，然后开始啃咬，动作柔曼，像在表演一种游戏，啃咬一口还抬头望红飘带一眼，好像在对红飘带说，如果你现在过来与我同食，和我一起分享这只水豚，我是不会反对的。

红飘带心里涌动甜蜜的柔情。它是只各方面都很正常的雄狮，是无法抵御这种诱惑的。天还没有亮，帕蒂鲁狮群的其他狮子还没睡醒，刚好为它结识这只美丽的雌狮提供了方便。老天爷送给它的红颜知己，不要白不要。本来嘛，这只水豚就是它捕获的，它有权享用。和一只年轻美丽的雌狮共同进食，那滋味一定妙不可言，美食与美色的双重享受，何乐而不为？它冲动地向前跨了一步。

哟呜——蜂腰雌狮用牙齿叼起水豚的颈皮，轻轻摇晃，嘴角发出温柔的呼叫，对雌狮而言，那是一种娇嗔，意思是在说，我撕咬不动这只水豚，你怎么不上来帮帮忙呀？

水豚不像水牛，水牛皮厚结实不易撕咬，水豚皮薄肉嫩，成年雌狮锋利的牙齿很容易就能解剖开。很明显，蜂腰雌狮之所以娇喘吁吁，做出无力对付水豚的样子，其实是在找个能让它靠近的借口。多么聪明多么善解"人"意的雌狮啊！红飘带像被灌了迷魂汤，心醉神迷，颠颠地朝蜂腰雌狮靠拢去。

蜂腰雌狮面露喜色，往左移了半步，腾出一个位置来。

红飘带已走到蜂腰雌狮身边，突然，头顶的树枝上飞出一只大嘴乌鸦，不知是看到狮子受了惊，还是存心想戏弄一下不会飞翔的狮子，一敛翅膀，像块黑石头一样笔直坠落下来，落到与红飘带耳尖平行的位置，哇——发出一声嘶哑粗俗的叫声，一掠那双黑得没有一点光泽的大翅膀，又直线飞升到空中。

乌鸦翅膀扇出来的那团阴冷潮湿的气流刮到红飘带脸上，它头脑一阵清醒，不知怎么回事，突然想起不幸葬身沼泽的兄长桃花眼来。

当年桃花眼秘密结识墨菊雌狮，两个好得如胶似漆，到头来又怎么样？桃花眼可说是雄狮中的美男子，英俊潇洒，一双眼睛勾魂摄魄，可那又有什么用呢，还不是被欺骗被出卖被谋害！它的容貌没有桃花眼俊美，眼睛不如桃花眼清亮，也不如桃花眼那般善讨雌狮欢心，桃花眼尚且不行，它就更甭提了。

兄长桃花眼留给红飘带的教训是十分深刻的，一只雄狮，身体再强壮，头脑再聪明，但若没有自己的领地，没有相应的地位，就一钱不值。

爱情是虚弱的，雌雄关系是靠不住的。有了自己的领地，没有爱情会变得有爱情；没有自己的领地，有了爱情也会最终丧失爱情。对一只不甘沉沦,有理想有抱负的雄狮来说,地位和权势是最最重要的。

它不能重蹈桃花眼的覆辙,它不能图一时的欢娱而葬送半生的安宁与幸福,它不能将多年的等待与煎熬付诸东流,它不能把眼瞅着快要到手的领地和狮群当做赌注,去孤注一掷。

最多再忍耐一至两年,它就有把握推翻老杂毛,改朝换代,由它红飘带来率领帕蒂鲁狮群。到了那个时候,眼前的这只美丽雌狮,还不是它的妻妾与子民?

已经等了这么多年了,再多等个一两年那又何妨?

红飘带想到这里,立即停了下来,负伤似的低号一声,掉头就跑。蜂腰雌狮露出一副莫名其妙的表情,朝红飘带的背影悻悻地吼了一声,意思是说:太让我失望了,真是个胆小鬼!

林子里,照进丝丝缕缕的曙光。

草盛草衰,花开花落,又两年过去了。红飘带已满十岁,由年轻雄狮步入壮年雄狮。它是在苦水里泡大的,在艰难的生存环境中磨砺了一副铁打的筋骨,性格沉稳,体魄健实,狩猎技艺精良,各方面都已十分成熟,完全具备了统治一个狮群的能力。

正像它所预料的那样,帕蒂鲁狮群的大雄狮老杂毛一天天在走下坡路,渐渐露出了衰老相:鬣毛脱落,就像人类谢顶一样；牙齿松动，撕扯起肉块来颇为费劲；唇须焦黄，面容显得憔悴；精神委靡不振，整天昏昏欲睡。

红飘带心里很清楚，自己与老杂毛相比，彼此的实力已经逆转，命运的天平已经开始向自己这头倾斜。取代老杂毛的位置，已有了八九成的把握，剩下的只是个时间问题了。

红飘带还想再等一等，等到老杂毛有个头疼脑热什么的，身体再衰弱一点，最好达到气息奄奄的程度，这样就能摧枯拉朽，有百分之百的把握一举成功。

绝大多数的狮群都是一只大雄狮为主，另一只大雄狮为辅，两只大雄狮带领若干只雌狮组合而成的，这样有利于抵御流浪雄狮的侵扰，有利于管理雌狮和将来要出生的幼狮，有利于巩固雄狮的统治地位。

红飘带开始物色能做它助手的狮子。它之所以到目前为止还是独来独往，一是因为它栖息在高温干旱的沙漠边缘，如此恶劣的气候条件，一般的流浪雄狮是不敢问津的；二是食物来之不易，多一只狮子就多了一张口，多了一分饥饿的威胁；三是两只流浪雄狮生活在一起，很容易被狮群的大雄狮看成是一种别有用心的勾结，会加倍提防。现在好了，白鬣老雄狮差不多快变成行尸走肉了，它很快就要发起改朝换代的攻击，已到了可以挑选助手的时候了。

要找只狮子来当助手，这是一件轻而易举的事，在罗利安大草原，要找一只三条腿的鸟不容易，要找一只四条腿的流浪雄狮一点也不费事，尤其是它即将要成为帕蒂鲁狮群的首领了。要是那些境遇凄惨的流浪雄狮得到这个信息，怕是要争先恐后在它面前排起长队来。

这天黄昏，红飘带在自己窝巢附近的沙丘背后，用伏击的办法，扑倒一只沙狐，才吃了一半，突然，沙丘顶上，滑下一股细沙，像一道沙的瀑布，把剩下的半只沙狐埋了起来。

红飘带抬头一看，嚯，沙丘顶上站着一只雄狮，六岁龄左右，身上邋里邋遢，鬃毛上沾了许多树浆草汁，一绺一绺，像梳着一条条辫子，姑且称它为辫子雄狮吧。它精瘦干巴，眼睛像萤火虫似的闪烁着绿光，一看就知道是只没有根基日子过得紧巴巴的流浪雄狮。这家伙一定是闻到了肉香和血腥味，饥饿难忍，想来碰碰运气，捡食骨渣皮囊。

红飘带用眼光反复掂量着辫子雄狮，显然，无论从年龄、气质、体力、阅历等方面来衡量，辫子雄狮都比它要弱一档，无论现在还是将来，都构不成对它的威胁。这一点很重要，一只雄狮和另一只雄狮搭档，如果彼此半斤对八两旗鼓相当，友谊注定是短命的，很快就会发生内讧。

在有等级差别的动物群体里，个体之间实力和地位越接近，紧张度就越高，这是一条颠扑不破的真理。两只雄狮结成权力联盟，必须有主有次，必须在智慧、力量和胆魄上双方有显著的差距，甲雄狮和乙雄狮在综合实力上相差一至两个档次，高低分明，尊卑有序，这样才能在狮群里保持长久的和平，而不会频繁发生地位争斗。

红飘带心中暗喜，哈，运气真不错，它刚动念头要找个将来能在帕蒂鲁狮群里辅助它的搭档，老天爷就送来了这只辫子雄狮，真正是心想事成。狮子交起好运来，挡都挡不住啊！

红飘带用爪子将血淋淋的沙狐从流沙下掏出来，往旁边闪了一步，蹲坐下来，悠然地用舌头梳理胡须和爪掌，这其实是在用特殊的肢体语言明白无误地告诉沙丘顶上的辫子雄狮：我已经吃饱了，你若真饿得慌，那就下来吧，只要你归顺我，我可以把剩下的沙狐肉赏给你吃！

辫子雄狮像坐滑梯一样，从沙丘上刷地滑了下来。

在饥饿的威逼下，谁也抵挡不住食物的引诱。

按照常规，辫子雄狮在接受红飘带的赏赐前，应当将尾巴耷拉在两胯之间，表示承认对方比自己强大；身体微微下蹲，表示顺从与尊重；眼皮下垂，眼睛望着自己的爪尖，表示感恩。这番仪式后，方可趴在地上用一种规规矩矩的姿态进食。

这就确立了主子与扈从的关系。

让红飘带颇感不舒服的是，辫子雄狮朝沙狐走过来时，尾巴翘上了天，像旗杆一样左右摆动。狮子的尾巴除了保持身体平衡和驱赶蚊蝇的正常功能外，还是表达情绪的晴雨表，尾巴竖直，并左右摆动，被认为是一种好战的姿态，起码是桀骜不驯的表现。红飘带从鼻子里哼了一声，这家伙，也太不懂事了嘛！

更让红飘带目瞪口呆的事发生了，鬃子雄狮身体直挺挺站立着，眼睛瞪得像铜铃，很不友好地直视着它。

这家伙，是真的不懂规矩，还是吃错药啦？

突然，鬃子雄狮伸出一只前爪，迅速将小半只沙狐抓进自己的腹下，然后朝红飘带龇牙咧嘴，嗷地发出一声咆哮，好像在说：这食物归我了，你还不快滚！

红飘带气得七窍生烟。它好心好意将吃剩的沙狐让给对方，准备接纳对方当自己的助手，结果却被认为是软弱可欺，这也太过分了吧？这种不懂事的家伙，不配与它搭档将来共同统治帕蒂鲁狮群。它刷地蓬松开鬃毛，强壮的身体刹那间摆出了应战架势，尖爪撑张，利齿启开，跃跃欲扑。

你这个把好心当驴肝肺的笨强盗，我要咬断你的尾巴！

红飘带还没来得及扑蹿出去，突然，沙丘背后蹿出一团黑影，像离弦的箭，像翻卷的风，直朝它扑来。暮霭沉沉，天色昏暗，直到那团东西快蹿到它面前时，它才看清，这是只雄狮。这是只约十岁龄的大雄狮，高大威猛，鬃毛特别茂盛，从头顶一直延续到尾根，是只标准的黄巨鬣雄狮。红飘带本能地扭身跳开去，躲过了黄巨鬣来势凶猛的扑咬。

黄巨鬣朝辫子雄狮使了个眼色，两个家伙分左右两路朝红飘带扑了过来。

红飘带这才明白，辫子雄狮并非是孤独的流浪狮，而是黄巨鬣的伙伴，它面对的是两只雄狮！若单独较量的话，它或许不会输给威风凛凛的黄巨鬣，但对方有辫子雄狮帮衬助战，它无论如何也不是它们的对手。

好汉不吃眼前亏，算啦，反正它已吃掉了一大半沙狐，剩下的那小半只沙狐，就当是给秃鹫叼走了。红飘带掉头向沙漠深处奔逃。它长期在沙漠边缘生活，早已习惯在软绵绵的有点陷脚的沙漠中行走，很快就把黄巨鬣和辫子雄狮甩掉了。

红飘带在沙漠中等到皓月升空，然后打道回府。它想，黄巨鬣和辫子雄狮肯定是偶然路过沙漠边缘，客串觅食。抢得那小半只沙狐后，它们心满意足，吃完后也许就会离开了。

红飘带来到自己的巢穴——岩石后面的沙坑，还没等它走近，地窝子里就爆发出一串雄狮的吼叫，月光下，黄巨鬣硕大的脑袋从地窝子里气势汹汹地伸出来。红飘带不得不退回到沙漠深处，在一丛红柳下刨了个浅坑，胡乱睡了一觉。

这两只流浪雄狮，一定是在吞下小半只沙狐后，看看天色已晚，暂且在沙漠边缘寄宿一夜，天一亮就会离开的，红飘带忐忑不安地想，它们不会习惯沙漠边缘火焰似的阳光的炙烤，更不会习惯像老鼠那样钻在闷热的地窝子里生活的。

翌日，太阳一出来，红飘带就跑到自己的巢穴附近，登上一座沙丘，瞭望地窝子。它看见，黄巨鬣守在地窝子旁，辫子雄狮已晨猎归来，叼着一只火烈鸟，两只雄狮在地窝子旁慢条斯理地啃吃起来。吃吧，请快点吃吧，吃了早点，就请上路，离开这个不值得你们留恋的沙漠边缘！

很快，沙地上只剩下一堆凌乱的鸟羽。黄巨鬣舔理唇须，伸了个懒腰，慢慢站了起来，不紧不慢地朝前走去，辫子雄狮跟随其后。

红飘带以为它们要离开了，不料黄巨鬣走出百来米远，在一条沙沟前停了下来，后肢张开，哧溜撒出小半截尿来，然后左转弯，又走出百来米远，在一丛枯萎的沙枣树下又喷了半截尿……兜了一个圆圈后，回到那块裸露的岩石旁，不断地用身体磨蹭岩石表面，脱落的体毛粘挂在岩石上。红飘带心里一阵阵发冷，它们是在用尿液做气味，体毛当标记，布置边界，划定疆域，也就是说，它们鸠占鹊巢，要霸占它的地窝子永远不走了。

它没有领地，没有狮群，没有伙伴，仅有这么一个小小的勉强可以栖身的地窝子，也被强夺了去。

这真是典型的马太效应：你没有了，还要剥夺得你一无所有；你什么都有了，还要继续给予你。

当天黄昏，黄巨鬃和辫子雄狮踏着夕阳，朝西北方向走去。红飘带远远地尾随其后，它怀着一个隐秘的愿望：它们或许走着走着会看到一处更合适的栖身之地，从而不再稀罕沙漠边缘的地窝子，那它又可以重新收回自己的巢穴了。

让红飘带差点没活活气死的是，黄巨鬃和辫子雄狮来到帕蒂鲁狮群的领地附近，停了下来，鬼头鬼脑地钻进缓坡上的灌木林，躲在叶丛背后，偷偷窥伺。

当时，帕蒂鲁狮群正在水塘边饮水，已足足二十五岁龄的老杂毛卧伏在一座废弃的蚁丘上，舔理自己臂弯上的狮毛，扭头抬足动作迟钝，显得龙钟老态。

黄巨鬃和辫子雄狮兴趣盎然地看了很长时间，直到夜幕降临，才悄悄离开灌木林。它们离开时，眼角上吊，鼻吻耸动，神情诡秘，尾巴在半空得意地抡甩，掩饰不住内心的窃喜。红飘带明白它们的真正用意并非是看中它沙漠边缘的地窝子，而是准备攻击已经衰老的老杂毛，觊觎帕蒂鲁狮群！

如果说黄巨鬃和辫子雄狮只是想要它在沙漠边缘的地

窝子，它虽然也气愤，但还能容忍，区区一只地窝子，丢了就丢了。现在的问题是，它们要的是整个帕蒂鲁狮群，它再也无法忍受了。它火从心头起，恶向胆边生，嗖地蹿出来，张牙舞爪朝黄巨鬣和辫子雄狮扑过去。

你们这两个可恶的强盗，我要跟你们拼了！

沙漠边缘，展开了一场鏖战。

虽然红飘带对这一带地形颇为熟悉，虽然它比黄巨鬣体魄更强健，比辫子雄狮更有格斗经验，也不乏殊死一搏的勇气，但对方是两只雄狮，二比一，它显然无法与它们匹敌。黄巨鬣从正面与它周旋，辫子雄狮从背后向它攻击。它顾了头顾不了尾，才几个回合，脖子就被撕破了，屁股也被咬出了血。除非它愿意被活活咬死，它没法不仓皇逃命。

幸运的是，天已黑透，黄巨鬣和辫子雄狮不敢追远。

一弯细细的下弦月，给荒漠涂了一层惨淡的光。红飘带在沙漠边缘游荡着，毫无目的，不知道要到哪儿去，也不知道要干什么，心情沮丧到了极点。

为了能取代老杂毛的位置，为了能当上帕蒂鲁狮群的首领，它苦苦等了六七年，吃尽千般苦，遭尽万般罪，眼看就要大功告成熬出头了，突然闯来两个强盗，一下夺走了它的全部希望。

是的，是全部希望。它之所以能在经历了九九八十一难之后，活到今天，靠的就是将来能拥有帕蒂鲁狮群这样一个希望支撑着它、鼓舞着它。

有好几次，它喝不到水，在沙漠边缘干渴得快要倒下；或者找不到食物，饥饿得无力再行走一步；或者被"人"多势众的狮群追赶，走投无路时，它曾经冒出过活得这么苦活得这么窝囊真还不如死了算了这样轻生的念头。但想想不久的将来，自己就可以翻身做狮王，拥有帕蒂鲁狮群，日子由苦变甜，它才又有了坚持活下去的信心和勇气。黄巨鬣和辫子雄狮这两个强盗，不仅仅夺走本应属于它的帕蒂鲁狮群，而是砍断它赖以生存的精神支柱啊！

它完了，红飘带想。四周其他狮群的现任大雄狮，都还年富力强，有的甚至比它的年纪还轻。它即使有耐心等待，也失去了年龄上的优势，等不到那些在位的大雄狮年老体衰，它自己就会被无情的岁月淘汰掉。

在狮子的世界里，流浪的雄狮成千上万，其中只有极少数的幸运者能在经过一番激烈的竞争后，登上王位，拥有某个狮群，拥有自己的领地，生儿育女，留下自己的后代。这个比率是极低极低的，大概只占1%～2%，绝大多雄狮终其一生，都是孤独的流浪汉。进入老年后，境遇更加凄凉，找不到足够的食物，很快就会在饥饿和疾病的双重打压下魂归西天。

流浪雄狮比起那些有领地的大雄狮来，平均寿命低三到五岁。红飘带明白，除非发生奇迹，它到死那一天，也还是一个卑微的流浪汉，这辈子不会再有出头的日子了。它真傻，早就该想到，一个王位摇摇欲坠的狮群，一只气息奄奄的狮王，就像一道最精美的甜点心，不可能不吸引那些利欲熏心的流浪雄狮前去抢夺的。它其实早就该对帕蒂鲁狮群的大雄狮发起改朝换代的攻击，就好比抢先把甜点心吞进肚去，唉，现在悔之晚矣。

它这样活下去，还有什么意思呢？

精彩预告

本书主人公黑鬣毛、大头狮、刀疤脸、桃花眼、红飘带五兄弟被双色鬣狮群驱逐，踏上了颠沛流离的流亡生涯。险象环生的罗利安大草原到处都是危机，四兄弟相继奔赴在黄泉路上，抛下五兄弟中最小最弱的红飘带，被各大狮群驱逐着，九死一生，流窜在边界线上，过着流寇式的生活。

四兄弟的牺牲让红飘带坚守更好地活下去的信念。拥有一块领地和占有一个狮群是每一个雄狮的梦想，帕蒂鲁狮群掌门人老杂毛的年老势微让红飘带看到了希望。流浪数年之久历尽千辛万苦的红飘带自以为苦尽甘来，正当它酝酿着对帕蒂鲁狮群发起攻击时，黄巨鬣和辫子雄狮的出现粉碎了它所有的希望。

巴逖亚沙漠上，绝望的红飘带和刚从帕蒂鲁狮群出走的蜂腰雌狮相遇了。帕蒂鲁狮群刚遭遇了一场大屠杀，黄巨鬣和辫子雄狮打败了狮群原掌门人老杂毛和骷髅雄，急于更新血统，将狮群中的幼狮赶尽杀绝，以催促雌狮快速发情诞下自己的子嗣。遭遇丧子之痛的蜂腰雌狮发誓血债血还。

风雨飘摇的非洲稀树草原上，红飘带和蜂腰雌狮结为一体。世界上最小的袖珍狮群成立，他们有了一个共同的目标：夺取帕蒂鲁狮群，向黄巨鬣复仇！

亲爱的读者，你想知道饱受苦难的红飘带如何在蜂腰雌狮的帮助下，鼓舞起雄心壮志，开创第一块领地吗？你想知道嗜血成性的黄巨鬣和辫子雄狮又如何给予红飘带毁灭性打击吗？你想知道罹患"雄狮失意综合症"的红飘带如何重振雄风、招兵买马、笼络"狮"心，又怎么样奇迹般地击败强敌，入主帕蒂鲁狮群，荣登狮王宝座，成为一呼百应的新一代狮王，最后又有着怎样黯然神伤的结局吗？

敬请阅读"动物小说大王沈石溪品藏书系"之《红飘带狮王》。

动物档案

长颈鹿

长颈鹿

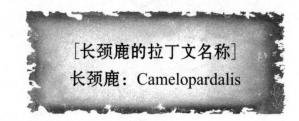

[长颈鹿的拉丁文名称]
长颈鹿：Cameloperdalis

[长颈鹿的动物学分类]

脊椎动物门，哺乳纲，偶蹄目，长颈鹿科，长颈鹿属。

长颈鹿有很多亚种，如网纹长颈鹿、安哥拉长颈鹿、科尔多凡长颈鹿、马赛长颈鹿、努比亚长颈鹿、罗氏长颈鹿、南非长颈鹿、西非长颈鹿、开普长颈鹿、拉多长颈鹿、刚果长颈鹿和德兰士瓦长颈鹿等。

动物园中常见的长颈鹿为网纹长颈鹿，分布在非洲东部。

[长颈鹿的地理分布]

长颈鹿是非洲的代表性动物，通常组成小集团群居于撒哈拉沙漠以南的热带干旱草原或树木稀少的半沙漠地带。主要分布在非洲的埃塞俄比亚、苏丹、肯尼亚、坦桑尼亚和赞比亚等国，生活在非洲热带、亚热带广阔的草原上。但是，长颈鹿的祖籍却在亚洲。据古生物学家研究认为，长颈鹿起源于亚洲。

[长颈鹿在自然界的位置]

长颈鹿是一种生长在非洲的反刍偶蹄动物，是世界上最高的陆生动物。雄性个体高达 4.8 到 5.5 米，重达 900 公斤。雌性个体一般要小一些。每一只长颈鹿的头顶，都会长出短角，大多数长颈鹿都只长出一对角（也有长三支角、四支角、甚至五支角的，多角长颈鹿很稀有）。

长颈鹿角与其他种类鹿的角大不同。其他种类鹿的角，是打斗的武器，长颈鹿的角纯粹是一种摆设，玩耍时用的。长颈鹿克敌制胜的武器，是它那四条大而有力的腿，这四条腿可以将狮子、豹子这些猎食者踢翻在地上，再厉害的雄狮，一旦被长颈鹿踢个正着，也会筋断骨裂，甚至有可能被当场活活踢死。因此，成年长颈鹿除了遭狮群围歼外，少有天敌。

[长颈鹿在人们心目中的地位]

中国自古不出产长颈鹿，但 1979 年，在徐州贾旺发现的东汉画像石上绘有多只"麒麟"，其中至少三只具有非洲长颈鹿的典型特征。

六百多年前明代的郑和远航世界，曾远达非洲。之所以跑那么远，据说就是为寻找中国人心目中的吉祥神兽"麒麟"。

中国古代传说中世有麒麟出，是国泰民安、天下太平的吉兆，可谁也没见过这种古籍中形容为鹿身、牛尾、独角神兽的模样，故一直有人怀疑它是否真的存在。

明永乐十二年（公元 1414 年）九月二十日，郑和手下的杨敏带回榜葛剌国（今孟加拉）新国王赛弗丁进贡的一只长颈鹿，明朝举国上下为之喧腾。当时的景象就如同沈度的颂诗所形容的"臣民集观，欣喜倍万"，有诗赞曰："西南之诹，大海之浒，实生麒麟，身高五丈，麇身马蹄，肉角颙颙，文采焜耀，红云紫雾，趾不践物，游必择土，舒舒徐徐，动循矩度，聆其和鸣，音协钟吕，仁哉兹兽，旷古一遇，照其神灵，登于天府。"

因为长颈鹿的形态、习性与中国古籍中描述的麒麟太过吻合，进一步了解后更发现长颈鹿的原产地在东非一带，当地的索马里语称之为"基林"，发音与麒麟非常相近，使得中国人确信长颈鹿就是麒麟。于是郑和的船队第四次下西洋前往西亚后，绕过阿拉伯半岛，首航东非，到了长颈鹿的故乡。永乐十三年，郑和的船队回到了中国，一同前来的各国使者中，包括了东非的麻林国（其所在地，一说是肯尼亚的马林迪，一说是坦桑尼亚的基尔瓦·基西瓦尼）使者，他向永乐帝献上了产自本国的长颈鹿。

永乐十四年（公元 1416 年），麻林国第二次向明朝进贡"麒麟"。马欢所撰《瀛涯胜览》一书中就此瑞兽有如下描述："麒麟，前二足高九尺余，后两足约高六尺，头抬颈长一丈六尺，首昂后低，人莫能骑。头上有两肉角，在耳边。牛尾鹿身，蹄有三跰，匾口。食粟、豆、面饼。"不难看出，所谓"麒麟"即长颈鹿也。

近年海外有媒体称，在非洲肯尼亚发现貌似亚洲人的土著，自述系郑和船队水手后裔，透露其祖先曾送长颈鹿给中国。

［长颈鹿的行为特征］

长颈鹿通常生一对角，终生不会脱落，皮肤上的花斑网纹则为一种天然的保护色。长颈鹿喜欢群居，一般十多头生活在一起，有时多到几十头一大群。

长颈鹿是胆小善良的动物，每当遇到天敌时，立即逃跑。它能以每小时 50 公里的速度奔跑。当跑不掉时，它那铁锤似的巨蹄就是很有力的武器。

长颈鹿是世界上现存最高的动物，站得高望得远，视力不凡，在动物界号称"千里眼"。长颈鹿除了一对大眼睛是监视敌人天生的"瞭望哨"外，还会不停地转动耳朵寻找声源，直到断定平安无事，才继续吃食。

长颈鹿喜欢采食大乔木上的树叶，还吃一些含较多水分的植物嫩叶。它的舌头伸长时可达 50 厘米以上，取食树叶极为灵巧方便。

长颈鹿的长脖子在物种进化的过程中独树一帜，这样它们在非洲大草原上，就可以吃到其他动物无法吃到的，长在较高地方的新鲜嫩树叶与树芽。但长颈鹿和其他动物的脖子椎骨同样只有七块，只是它们的椎骨较长，一块椎骨有两公尺长。

由于长颈鹿要时常咀嚼从树上摘下的树叶，这就使得它们的下颚肌肉不停地运动，而脸部因缺少运动而生长缓慢，所以我们可以看到长颈鹿的脸部总是一副僵硬的表情。

长颈鹿生活在稀树草原和森林边缘地带。集群而居，有时和斑马、鸵鸟、羚羊混群，日行性。嗅、听觉敏锐，性机警胆怯，晨昏觅食，耐渴。

长颈鹿繁殖期不固定，孕期 14～15 个月，每胎产一仔，生下来的幼仔身高 1.8 米，出生后 20 分钟即能站立，几天后便能奔驰如飞，4 岁左右性成熟，寿命约 30 年。

长颈鹿的听觉和视觉非常敏锐，眼睛可以看到身后的东西，但它们却沉默得像个哑巴，很少发出声音。雄性长颈鹿比较"好战"，交起手来时间相当长，互相围绕着，就像两个人打架相持不下一样，谁也不肯首先离去。

[长颈鹿的趣闻逸事]

长颈鹿的脖子为什么这么长？科学家发现，长颈鹿的祖先个子并不高，主要靠吃草为生。后来，自然条件发生变化，地上的草变得稀少，它们为了生存，必须努力伸长脖子吃高大树木上的树叶。这样一代代延续下来，长颈鹿就变成现在这个样子了。

长颈鹿的的长舌是雪青色的，这是萨克斯管的颜色，一种令人心颤的颜色。长颈鹿的舌头长达 40～50 厘米，嘴唇薄而灵活，能轻巧地避开植物外围密密的长刺，卷食隐藏在里层的树叶，堪与大食蚁兽的舌头相媲美。然而它们并不是"长舌妇"，它们安静得像修女一般，从不发出声音。因为它们没有声带。

　　长颈鹿身高的优势要求它们拥有比普通动物更高的血压，以便于心脏把血液输送到大脑。其血压大约是成年人的三倍。它还拥有一颗特别强大的心脏，重量达 11 公斤以上。

　　由于腿部过长，长颈鹿饮水时十分不便。它们要叉开前腿或跪在地上才能喝到水，而且在喝水时十分容易受到其他动物的攻击，所以群居的长颈鹿往往不会一起喝水。它们分批轮流喝水，以确保安全。

　　长颈鹿身高腿长，四肢可前后左右全方位地踢打，击打范围广，力量大，最大可达 600 公斤。如果成年狮子不幸被踢中，可立马腿断腰折。所以，非洲狮一般不轻易地攻击成年长颈鹿。长颈鹿称得上是自然界的跆拳道高手。

　　在动物园中虽然可以见到长颈鹿产仔的情形，它们的睡姿一般人却不易观察到，运气好的话或可见到小长颈鹿横卧而脖子朝后弯的睡姿。成年长颈鹿的睡姿难得一见，睡觉时通常是站着并呈假寐的状态。

　　据英国媒体 2009 年 7 月 21 日报道，肯尼亚的一个家庭多年来把八只长颈鹿当做自己的家庭成员，一起生活。当游客们到此时，不仅可以与长颈鹿亲密接触，甚至可以同长颈鹿同吃同住。这些稀有长颈鹿其高度都超过 16 英尺，重量超过两吨，寿命可达 30 岁。

[我与长颈鹿的亲密接触]

昆明圆通山动物园饲养着一头名叫公主的长颈鹿，头顶两支春笋般细细圆圆的角，麻栗色网格状毛色，身材高大匀称，显得很漂亮。我很想跟它合个影，但照片拍了好几次，都没能拍好。

公主足足有五米多高，而我只有一米七的个子，与它站在一起拍照，就像巨人与侏儒在一起拍照，照出来效果自然糟糕，要么我人照得很小，要么只照出公主的四条长腿，横照竖照比例都不对，反正怎么照也照不好。

摄影师说，要想拍出理想的合影，必须要让公主低下头来，它的脑袋与我的脑袋保持在一个水平线上。我给饲养员塞小费，希望他能让公主委屈一下俯下身来，与我耳鬓厮摩三秒钟，但饲养员吆喝了多次，公主却我行我素，不愿配合。

无奈之下，饲养员想了个办法，到笼外林子里摘了一大把长颈鹿最爱吃的椿树叶，让我抓住椿树叶举到耳畔，引诱公主低下头来吃，这样就可以拍到我与长颈鹿耳鬓厮摩的合影了。这办法果然有奇效，公主一看到或者说一闻到嫩生生的椿树叶散发出来的那股特殊的清香，立刻垂涎三尺，长长的脖颈弯出一个美丽的弧线，脑袋垂到我耳畔来了。

趁它长长的舌头伸出来卷食我手中椿树叶的机会，摄影师赶紧按下快门，闪光灯一亮，哈，我与长颈鹿耳鬓厮摩的合影终于圆满完成了。这个时候，我手中还有半把椿树叶。我不想浪费资源，我想利用手中这半把椿树叶，再来一张更新奇更刺激更精彩的合影。时值冬天，我戴着一顶咖啡色毡帽，我突发奇想，将半把椿树叶撒在我毡帽上，让公主来卷食我毡帽上的椿树叶，我的脑袋与长颈鹿的脑袋上下叠合，那一定很有趣啊。想到做到，我立刻就把半把椿树叶撒胡椒面似的撒在我毡帽上。

对动物来说，食物就是最好的指挥棒了，公主那肉感很强的嘴吻立刻就从我的耳畔移到我的头顶，稀里呼噜，风卷残云般将我毡帽上的椿树叶悉数卷食干净。摄影师当然不会错过这个机会，咔嚓咔嚓揿动快门，将这难得的画面拍摄下来。

既然拍摄完毕，我也就想从公主身边离开了。就在这时，突然我觉得头上凉飕飕的，好像帽子被风吹走了一般，赶紧抬头望去，不好了，公主把我的毡帽咬走了！我这顶毡帽，是花了一千多块钱从尼泊尔带回来的，我十分喜欢，当然舍不得就这样被长颈鹿抢走，便哭丧着脸央求饲养员帮我想办法取回毡帽。饲养员大呼小叫，嗓子都快喊哑了，还生气地踢了公主两脚，想让它吐掉口中的毡帽，但公主不理不睬，昂首挺胸，将我的毡帽咬在半空中。

有人建议找把梯子来爬上去夺回毡帽，公主足有五米多高，一时半会儿哪里去找这么长的梯子呀？就算找到这么长的梯子，你又怎么将梯子的另一端搁稳在一只长颈鹿的脸上呢？有人怂恿我像爬树一样搂住长颈鹿的脖子爬上去，这纯粹是个馊主意，谁有胆量爬树一样爬到长颈鹿脖子上去啊！最后还是饲养员有办法，又去采了一大把嫩生生的椿树叶来，让我举过头顶。奇迹发生了，公主用一种优雅的姿势垂下头来，把毡帽轻轻扣在我脑袋上，然后得意地卷食我手中的椿树叶。闹了半天，它是用我的毡帽做"人质"，要挟我给它提供美味的椿树叶啊。

［长颈鹿的生存现状］

2005 年非洲有一名研究人员发现了白长颈鹿。研究发现，这只白长颈鹿并非是稀有或特别品种，而是患上了白化病的普通长颈鹿。

长颈鹿每胎一仔，繁殖率偏低，生命的链条十分脆弱。全球环境恶化，给长颈鹿带来了巨大的生存危机。据估计，上世纪七十年代，非洲尚有百万头野生长颈鹿，到了 2010 年，联合国组织一支考察队，到非洲十多个国家进行调查，得出的结论是，现存野生长颈鹿数量已不足十万头。

[关于长颈鹿的寄语]

英国有一位动物学家曾撰文说，连年战乱、干旱、瘟疫和掠夺性的生产方式，破坏了长颈鹿的生存家园，现在，最适合长颈鹿居住的已不是广阔的非洲草原，而是世界各地阴暗、狭窄如同囚笼般的动物园。这并非危言耸听。如果听任环境继续恶化下去，或许真的有这么一天，我们只能在动物园里才能见到这种温顺美丽的动物了。

动物小说大王
沈石溪

◎ 西双版纳是我的文学故乡

◎ 获奖记录

◎ 珍藏相册

◎ 读者评论

西双版纳是我的文学故乡

沈石溪

　　我十六岁到西双版纳，度过了十八个春秋，人到中年才离开。我在西双版纳娶妻成家，宝贝儿子也出生在西双版纳。可以这么说，西双版纳这块炎热而又多情的土地，是我的第二故乡。

　　三十多年前的西双版纳，人口稀少，交通不便，没有工业污染，旅游业也还没有开发。正因为如此，那里保持着完美的自然生态。郁郁葱葱的热带雨林覆盖山峦河谷，清澈见底的泉水环绕村村寨寨。

　　最让我惊奇的是，鸡无窝，猪无圈，牛无栏，马无厩，狗脖子上也没有链条。豢养的家畜活得逍遥自在，白天可以随心所欲到处去玩，肚子饿了回到主人家院子大呼小叫讨食吃，肚皮塞饱后，又山野田坝寻找属于自己的快活去了。

　　到了夜晚，鸡飞到竹楼的屋顶上，像鸟一样在茅草屋脊上栖憩；狗趴在门槛上，进门出门都要小心别踩着狗尾巴；

牛和马挤在竹楼底层，随时可以在房柱上摩擦蹭痒；最无赖的要数猪了，霸占竹楼的十二格楼梯，就像睡高低床一样，一层一层横躺在狭窄的楼梯上，任你将楼板踩得咚咚响，它们照样呼噜呼噜睡得香……

记得我刚到西双版纳时，借宿在老乡家，有一天临睡前多喝了几杯米酒，半夜醒来，膀胱胀得厉害，黑灯瞎火的不愿跑茅厕，便摸索着来到竹楼阳台，居高临下尿一泡。

刚运作到一半，哞的一声怒吼，阳台外伸出一颗牛头，借着淡淡的星光，我看见牛脸上尿液滴答，牛眼睁得比铜铃还大，牛嘴因愤怒而扭曲变形。原来我尿到楼下一头水牛的脸上了，想必人尿的味道不怎么样，又咸又酸又涩令它倒胃口，在向我提抗议呢。

随地便溺总归不雅，我怕吵醒主人，只好紧急刹尿，想到楼下找个僻静处继续方便。跨下楼梯，一脚就踩在一头老母猪的脖子上，它哇的一声跳起来，我一个倒栽葱滚下楼去，幸亏每一层楼梯上都有肥猪铺垫，软绵绵得就像在地毯上翻跟头，没伤着筋骨，但已吓得魂飞魄散，剩下的半泡尿全撒在自己的裤子上了。

更可恼的是，这些该死的猪和牛，责怪我搅了它们的清梦，蜂拥而上，猪头搡我的屁股，牛蹄绊我的腿，把我摔倒在地，然后团团将我围在中间。也不知是想用同样的办法回敬我，还是因为我身上刺鼻的尿臊味引发了它们的排泄功能，好几头牛好几头猪竟然冲着我哗哗小解起来，就像拧开了好几只热水龙头，我身上被淋得精湿，成了个名副其实的尿人。主人被吵醒，才下楼来帮我解了围。

西双版纳的家畜，享受着高度自由，村寨又紧挨着原始森林，便常发生一些野生动物与人类家畜之间角色客串、反串和互串的故事。

我的房东养了六只母鸡，没有养公鸡。有天傍晚，母鸡们从树林回家，发现一只尾羽特别长的五彩花翎公鸡气宇轩昂地守护在母鸡身边。开始还以为是别家的公鸡，但那只公鸡送母鸡们进房东院子后，拍扇翅膀飞到院外那棵高达几十米的大青树上去了。家鸡无论如何也飞不了这么高的，只有森林里的野生原鸡才有这等飞翔本领，这才晓得，这是只野公鸡，贪恋房东家六只母鸡的美色，来做上门女婿了。

半夜我和房东悄悄爬上大青树，我用雪亮的手电筒照花鸡眼，房东用渔网将这只花心大公鸡罩住，剪掉半截翅膀，强迫它在村寨安家落户。

这只野公鸡勇猛好斗，寨子里所有的公鸡都怕它，成为名闻遐迩的鸡王。与它交配过的母鸡孵出来的小鸡，很少得鸡瘟病，存活率明显提高，但从小就要剪翅膀，不然长到两个月大，便飞到树林不回来了。总归是野种，不像家鸡那般听话。

村长养了几头水牛，忽一日，一头公牛失踪了，到树林里去找，找了好几天也没能找到，以为是给山豹或老虎吃掉了，也没在意。

半年后，公牛突然跑回家来了，后面跟着一头羞答答的母牛，还有一头活泼可爱的小牛犊。那母牛和小牛犊牛蹄覆盖着一层白毛，就像穿着白袜子，证明是西双版纳密林中特有的白袜子野牛。显然，村长家这头公牛半年前和这头野母牛私奔了，这次是带着小媳妇和乖儿子来拜见主人的。

村长大喜，平空得了一头母牛和一头牛犊，天上掉下金元宝，不要白不要呢。他赶忙唤我去帮忙，用麦麸作诱饵，将它们引到有篱笆墙的一座菜园子，囚禁起来。野母牛当然不喜欢过囚徒的生活，当天半夜，发一声威，轰隆撞倒篱笆墙，带着丈夫和儿子扬长而去。村长白欢喜一场，还赔了一大袋麦麸。

寨子里有个老汉，在森林里发现了一头迷路的乳象，用藤索拴住象脖子强行将其牵回家来，怕象群会上门来找麻烦，转手就将乳象卖给县城杂耍班子，得一百块大洋。岂料当天夜晚，三十多头野象将寨子团团包围，吼声震天，还用长鼻子卷起沙土弹射老汉的竹楼，大有不交出乳象就要扫平寨子的气势，折腾到天亮才离去。

众人皆埋怨老汉，老汉也觉理亏，更害怕遭到野象的报复，第二天一早便去县城想要赎回乳象。杂耍班子是江湖艺人，唯利是图，非要老汉拿二百大洋才允许他将乳象牵回。老汉无奈，只好卖掉一匹枣红马，换回乳象，送去森林，一场风波才算平息。

在我插队落户的寨子，家畜和野生动物混淆最多的要数猪了。常有野公猪拐跑家母猪、家公猪娶来野母猪的事情发生。小猪崽里起码有百分之五十是混血儿。

久而久之，寨子里的家猪鼻吻细长，鬃毛披散，獠牙狰狞，模样与野猪越来越接近，脾气也暴躁得让人发怵，你用石头砸它们，它们会号叫着冲过来咬你的脚杆。简直就是猪八戒造反，不把人放在眼里。

有一次过傣族的关门节，杀一头肥猪时，猪嘴没绑牢，凄惨的号叫声响彻云霄，结果全寨子一百多头猪通通拥到屠宰草棚前，吼叫奔跑，把杀猪用的水桶、案板和铁锅撞得稀里哗啦，就像一帮足球流氓在聚众闹事。

村民指使忠诚的猎狗去镇压，引发一场猪狗大战，有五条狗被咬断了腿或咬歪了脖子，猪群大获全胜，冲进木瓜树林，将五十多棵木瓜树全部咬倒，将挂在枝头的木瓜悉数吃掉，以发泄对人类的不满。

这一类故事多得就像天上的星星，数也数不清。

我写的许多动物小说，如《野猪王》《白象家族》《牧羊豹》等等，就是取材于当年我在西双版纳真实的生活经历。当然，有些情节是经过改造、取舍和重新组合的，为了使作品完整生动，也进行了适当的艺术加工。但我可以很负责任地说，作品里头的动物和人物，皆能在生活中找到原型，故事的基本情节，确实是生活中曾经发生过的。

朋友问我，你写的这些动物，猪也好鸡也好牛也好，好像很懂感情挺有灵性的，跟人会产生许多感情纠葛，怎么跟我们在饲养场里看到的猪呀鸡呀牛呀完全不一样呢？你是不是在胡编乱造哄小孩呀？

我对朋友说，你就没见过真正的猪真正的鸡真正的牛！

饲养场的猪十几头挤在一间狭窄的猪圈里，从出生到开宰，从猪娃长到大肥猪，从不离开小小的猪圈一步，整天除了吃就是睡。这不叫猪，这叫产膘的机器。

养鸡场里的鸡几百只挤在一个空间有限的鸡笼里，用灯光给它们照明取暖，用复合饲料催它们天天生蛋，一生一世见不到蓝天白云也见不到草地河流。这不叫鸡，这叫产蛋机器。

奶牛场里的牛用电脑管理，什么时候喂水什么时候喂料什么时候往食料里拌维生素或催奶素之类的添加剂什么时候挤奶用什么方式挤奶一次挤多少奶都有精确的程序控制。这不叫牛，这叫产奶机器。

人类为了得到更多的蛋白质和脂肪，为了让自己活得更舒适更快乐更幸福，不仅驯化动物奴役动物，还肆无忌惮地异化动物。

在饲养场，动物被抽去了生命的精髓，变成标准的行尸走肉！

我之所以热衷于写具有野性和野趣的动物，就是想告诉那些除了在饲养场便很少有机会接触动物的读者朋友，除了我们人类外，地球上还有许多生命是有感情有灵性的。它们有爱的天性，会喜怒哀乐，甚至有分辨善恶是非的能力。我们应当学会尊重动物，尊重另一类生命形式，别把除了我们人类外其他所有的生命都视作草芥。

不错，人类作为杂食性的灵长类动物，免不了要杀生，免不了要吃猪肉吃鸡蛋吃牛奶，人类作为本质上好逸恶劳的动物，免不了要用马代步用牛耕地用狗看家护院。但我想，我们完全可以在吃它们和奴役它们的同时，表现得宽容慈悲些，在它们被宰杀之前，在它们大汗淋漓地为我们干完一天苦役之后，善待它们，关怀它们，让它们享受些许生活情趣，还它们一丁点儿生命的天赋权利。

这不是虚伪，这是文明的标签。

人类在动物面前应该做一个经常能发善心的好奴隶主，这要求怎么说也不过分吧？

我虚活五十多年，扪心自问，这半辈子做过一些好事，但也做过不少回想起来要脸红的荒唐事，若真有中国佛教轮回转世的说法，我死后很难保证不被牛头马面鬼扔进油锅小煎一回，煎成两面黄后，捞出来扔在公堂上恭请阎王爷发落。阎王爷的要求一定极严格，根据我在阳世的表现，也许不会允许我来世继续做人，而打发我投胎去做猪做鸡做牛做马或做其他什么动物。要真是这样的话，我会磕头如捣蒜乞求阎王爷格外开恩，让我这头猪这只鸡这头牛这匹马投到西双版纳农家去，而千万别把我投到用电脑管理的饲养场去。

同样是家畜，在西双版纳农家，吃饱了可以游山玩水，不高兴时还可以同主人闹闹别扭，趁主人打盹时还可逃进深山密林做几天野生动物，说不定运气好还可拐个野媳妇什么的回来，虽然最后的结局免不了要被千刀万剐成为人类餐桌上的美味佳肴，但至少活着的时候活得有乐趣活得有滋味活得有意思，而不像从小到大囚禁在饲养场里的那些家伙，活得没有一点乐趣活得没有一点滋味活得没有一点意思。

获奖记录

◎《**第七条猎狗**》（短篇小说） 中国作家协会首届全国优秀儿童文学奖

◎《**退役军犬黄狐**》（短篇小说） 第六届陈伯吹儿童文学奖

◎《**狼王梦**》（长篇小说） 台湾第四届杨唤儿童文学奖

◎《**一只猎雕的遭遇**》（长篇小说） 中国作家协会第二届全国优秀儿童文学奖

◎《**狼王梦**》（长篇小说） 第二届全国少年儿童优秀图书一等奖

◎《**天命**》（短篇小说） 1992年海峡两岸少年小说、童话征文佳作奖

◎《**象母怨**》（中篇小说） 首届冰心儿童文学新作奖大奖

◎《**残狼灰满**》(中篇小说) 首届《巨人》中长篇奖

◎《**沈石溪动物小说自选集**》(中短篇小说集) 第三届冰心儿童图书奖

◎《红奶羊》(中篇小说集) 中国作家协会第三届全国优秀儿童文学奖

◎《狼王梦》、《第七条猎狗》(中短篇小说集) 台湾1994年"好书大家读"优选少年儿童读物奖

◎《第七条猎狗》(短篇小说集) 台湾《中国时报》94年度十佳童书奖

◎《保姆蟒》(短篇小说集) 1996年台湾金鼎奖优良儿童图书推荐奖

◎《狼妻》(短篇小说集) 台湾1997年"好书大家读"年度最佳少年儿童读物奖

◎《宝牙母象》(中篇小说) 第十一届中国图书奖

◎《牧羊豹》(短篇小说集) 台湾2000年"好书大家读"年度最佳少年儿童读物奖

◎《刀疤豺母》(长篇小说) 第十三届中国图书奖

◎《藏獒渡魂》(短篇小说) 第十九届陈伯吹儿童文学奖

◎《鸟奴》(长篇小说) 中国作家协会第六届全国优秀儿童文学奖

◎《藏獒渡魂》(中短篇小说集) 2006年冰心儿童图书奖

◎《斑羚飞渡》(短篇小说集) 国家新闻出版总署2007年向青少年推荐百部优秀图书

◎《狼王梦全本》、《狼世界》(中短篇小说集) 国家新闻出版总署2008年向青少年推荐百部优秀图书

▲ 2009 年 5 月，深圳市后海小学的同学为我戴上红领巾。

▲ 2010 年 3 月，在杭州野生动物园，与杭州少儿图书馆的读者们及动物明星"七七"合影。

▲ 2010 年 8 月，在上海书展上接受新浪网专访。

▼ 2010 年 9 月，在福建省漳州市芗城实验小学现场赠书。

▼ 2010 年 11 月, 在杭州青少年活动中心, 为小读者签名留念。

▲ 难忘河南省郑州市沙口路小学师生们灿烂的笑脸。孩子们的快乐是我写作的动力。

▼ 2010 年 4 月, 在浙江省嵊州市城南小学为小朋友们讲授动物知识。

▲ 在江苏省南通市新华书店与小读者们进行面对面交流。

　　我可以说是沈石溪作品在台湾出版的第一个推荐者,也是他的动物小说的代言人。这么多年来,沈石溪的作品在台湾是非常受欢迎的。他在台湾出版了至少四十三本书。我在任时,民生报社编辑出版了九本。我常常跟我的朋友们说,沈石溪的作品是我们的畅销书。我对沈石溪抱有非常大的期许,十八年前,在台湾我第一个推举他为"中国当代动物小说大王"。

——桂文亚(台湾儿童文学作家、出版家)

　　沈石溪的作品很受小读者欢迎,小时候我也是他的粉丝,那时我觉得作者是如实记录动物生活的,作品是真实的。在我们每个人的童年时代,或许都有这样一个人,非常会讲故事,即使你对他心存疑惑,还是甘愿相信。沈石溪就有这种能力,他是一个非常强势的引导者,即使是小读者心存疑惑,也愿意被引导,被故事牵引着阅读。所以我说,沈石溪也许是少数几个能非常从容地左右小读者阅读旨趣的人。

——梁燕(童书出版人)

中国能够写好动物故事的作家不多，沈石溪绝对是把故事讲得最好的一个。

——彭懿（儿童文学作家）

女儿班上老师要求给孩子购买课外读物，推荐书目上有沈石溪的书，我便买回来和孩子一块儿读。没想到，连我也喜欢上了他的书。特别纯粹的世界、特别纯粹的情感，竟然存在于动物世界。动物在作者的笔下成了有血有肉有复杂感情的生灵。读给孩子听的时候，我自己泪如泉涌，孩子也欷歔不已。

——zhanghua11（网友）

沈叔叔的作品让我懂得了动物也是一种生命，与我们人类一样都是地球妈妈的孩子，动物用它们纯洁的心与我们人类交朋友。我以前不喜欢动物，可是，读了沈叔叔那么多关于动物的作品，我开始喜欢动物了。我发现动物是那样的可爱、善良，你快乐的时候它陪你玩耍；你伤心的时候它是你最忠实的听众，听你倾诉委屈。有了动物，生活的色彩更加丰富了。

——宋洋（网友）

图书在版编目(CIP)数据

雄狮去流浪/沈石溪著. —杭州:浙江少年儿童出版社,2011.7(2011.11 重印)
(动物小说大王沈石溪·品藏书系)
ISBN 978-7-5342-6492-4

Ⅰ.①雄… Ⅱ.①沈… Ⅲ.①儿童文学-长篇小说-中国-当代 Ⅳ.①I287.45

中国版本图书馆 CIP 数据核字（2011）第 085010 号

动物小说大王沈石溪·品藏书系

雄狮去流浪

沈石溪/著

责任编辑 平 静 龚小萍
美术编辑 周翔飞
绘 图 胡志明工作室
装帧设计 小飞侠
责任校对 倪建中
责任印制 林百乐

浙江少年儿童出版社出版发行
地址：杭州市天目山路40号
网址：www.ses.zjcb.com
杭州富春印务有限公司印刷
全国各地新华书店经销
开本 880×1230 1/32
印张 8.375 插页 4
字数 147000
印数 110001－140000
2011 年 7 月第 1 版
2011 年 11 月第 4 次印刷
ISBN 978-7-5342-6492-4
定价：17.00 元
(如有印装质量问题,影响阅读,请与承印厂联系调换)